La cavale de la lionne

Phanie André

La cavale de la lionne

Roman

© Phanie André 2022

Édition : BoD - Books on Demand info@bod.fr
Impression : BoD – Books on Demand, In de Tarpen 42, Norderstedt Allemagne
Impression à la demande

Photographie : Phanie A

Graphisme : Elise M

ISBN : 978-2-322-41292-1
Dépôt légal : Juin 2022

À Corinne, ma consœur

Prologue

William

Il y a des jours où la cruauté du monde nous fracasse en mille morceaux et nous donne envie d'oublier jusqu'à notre propre existence.

Ce fût le cas aujourd'hui où j'ai dû m'occuper d'une sombre histoire conjugale. Un conflit entre un mari et sa femme qui a mal tourné : de rage, il l'a tuée d'un coup de fusil alors que leur petite fille de six ans jouait à l'étage dans sa chambre. Heureusement que la déflagration a fait réagir les voisins rapidement, et que notre équipe d'intervention a eu le temps de récupérer la gamine sans qu'elle n'ait vu sa mère baigner dans son sang...

Après des journées comme ça, je n'ai qu'un seul remède quand je rentre chez moi : mon piano et un whisky.

Quelques partitions plus tard, je regarde la bouteille pourtant neuve quand je l'ai ouverte, et m'aperçois qu'elle est sacrément entamée. Une chance que pour jouer mes doigts n'aient pas besoin de mon cerveau, devenu inutile et errant dans une épaisse brume...

« Je joue depuis combien de temps déjà ? Deux heures au moins ? »

Je ne peux même pas me répondre. Je ne sais pas, j'ai perdu la notion du temps...

J'enchaîne des standards du jazz et de la pop anglaise : toutes ces musiques que j'aime et qui ont le pouvoir de chasser les pensées toxiques de mon âme. Mon esprit flotte, et je laisse à mes mains la liberté de jouer ce qu'elles veulent. Et contre toute attente, elles entament la mélodie de *Jean-Jacques Goldman* « *S'il suffisait d'aimer* ». D'habitude le répertoire français n'est pas ma tasse de thé, mais il est vrai que cette chanson m'a toujours touché.

C'est alors que du fin fond de mon brouillard, j'entends la voix d'un ange s'élever...

« S'il suffisait qu'on s'aime,

S'il suffisait d'aimer... »

La voix est lointaine mais je peux discerner la clarté de son timbre qui exalte la poésie des paroles. Des frissons se mettent à parcourir mon corps, et je m'envole littéralement porté par ce chant...

L'ivresse ne me permet plus de savoir où est la frontière entre rêve et réalité. Mes doigts continuent la mélodie, et je suis toujours en connexion avec l'ange. Je n'ai jamais rien ressenti d'aussi fort et je m'accroche à cette voix irréelle et magnifique. Comme un assoiffé à une fontaine, je m'abreuve de ce chant qui me fait un bien fou.

« Nous ferions de ce rêve un monde...

S'il suffisait d'aimer... »

Je ne veux pas que cet instant s'arrête, mais c'est ainsi, toute chanson a une fin, et le souffle de l'ange s'éteint doucement avec les dernières notes, me laissant seul dans le vide du silence...

Je ne crois ni en Dieu, ni en la vie après la mort, mais j'ai eu l'impression que la femme assassinée cet après-midi était revenue chanter pour moi ce soir. Elle avait aimé, et apparemment pour elle, cela n'avait pas suffi.

Par la suite, j'ai rejoué cette chanson des centaines de fois. Mais la voix de l'ange n'est jamais revenue se connecter à ma musique.

Alors en tout bon cartésien, je me suis convaincu que, tristement transporté par les effluves du whisky, j'avais simplement rêvé cet épisode céleste de ma vie...

Paris

Céline

J'adore mon nouvel appartement parisien dans cette rue calme du XVe arrondissement. L'immeuble date des années cinquante, et j'ai gardé ce style dans le choix des meubles et de la décoration de mon deux-pièces. Il faut dire que je suis tout particulièrement sensible à cette époque où les lignes sobres se mariaient à merveille avec l'élégance, tant en matière de décoration que d'habillement.

D'ailleurs, mon dressing suit également cette inspiration : je ne porte que des robes ou des jupes avec des bas noirs ou gris fumés, accompagnés de mes indispensables chaussures à talons hauts. J'aime être très sophistiquée même si je sais que je ne ressemble pas à la plupart de mes concitoyennes adeptes du jean ou des tenues plus décontractées. D'un autre côté, avec ma ligne pulpeuse, je préfère les matières fluides plutôt qu'un pantalon qui mettrait à coup sûr en exergue les rondeurs que je ne souhaite pas montrer.

Mon ex-mari aurait été fou de voir ma silhouette actuelle. Il m'aurait affamée depuis longtemps pour me faire perdre au moins dix kilos. Fort heureusement, il n'est plus que mon ex-mari, alors maintenant, je vis comme il me plait. Je ne veux pas aller contre ma nature plutôt généreuse, même si je fais tout de même un minimum attention…

Je vis seule depuis mon divorce. Enfin presque, car depuis deux ans je partage ma vie avec mon chat Virgile, un persan crème magnifique. Il est très possessif avec moi, et par ce côté, il me rappelle un peu mon Ex… En revanche, lui, ne me fait pas vivre le calvaire des quinze années de torture que m'a infligé Carl.

Durement échaudée par cette expérience, je préfère pour l'instant tenir les hommes à l'écart de ma vie. On verra peut-être dans vingt ans, et encore…

Aujourd'hui je me sens libre, et c'est tout ce qui compte pour moi.

Enfin, libre… façon de parler, car j'ai le sentiment que Carl est toujours en train de me surveiller.

Nous sommes séparés depuis cinq ans, pourtant durant cette période, j'ai retrouvé régulièrement des signes qui le rappellent à mon bon souvenir, comme une preuve de sa présence continuelle auprès de moi. C'est ainsi que j'ai découvert à plusieurs reprises des photos de nous dans ma boîte aux lettres, ou un livre dans mon appartement qui se réfère à un épisode de notre histoire commune. Et malgré avoir changé quatre fois de logement, cela n'a pas arrêté ces intrusions dans ma vie privée.

Le pire est que j'ai une impression continuelle d'être observée, et je ne sais pas comment faire cesser un tel sentiment, ou ne pas sombrer dans la paranoïa...

Je suis allée à plusieurs reprises aux commissariats de mes différents quartiers, mais je n'ai aucune preuve tangible que c'est bien lui qui a déposé ces objets chez moi : j'aurais tout aussi bien déjà pu posséder ces choses. Alors, devant mon peu de crédibilité, je me sens totalement démunie. C'est pourquoi, je ne suis jamais allée jusqu'au bout de la démarche. Je n'ai même pas pu porter plainte cet horrible jour où mon précédent chat est, soi-disant, tombé accidentellement du balcon. Tout portait à croire que c'était bien à cause de ma négligence que mon chat s'était tué. Mais j'ai ma conscience pour moi : je sais que la fenêtre était bien verrouillée quand je suis partie travailler ce matin-là.

Aujourd'hui, je suis sortie de mon travail plus tôt que d'habitude, le ciel est bleu et le soleil brille. Paris est toujours magnifique lorsqu'il fait beau, et j'en profite pour rentrer à pied. J'arrive de bonne humeur dans mon appartement et vais aussitôt ouvrir la porte fenêtre du salon donnant sur le balcon. C'est la première chose que je fais quand j'arrive chez moi : Virgile est toujours impatient de sortir et miaule tant que je n'ai pas accédé à sa demande de liberté. J'ai sécurisé le balcon par un filet presque invisible. Il peut ainsi prendre l'air sans que je m'inquiète pour sa sécurité. Je retourne dans l'entrée tranquillement, retire mes talons que je jette dans le placard. Je suis en train de ranger avec soin mon trench, quand on sonne à la porte.

Je regarde par l'œilleton : c'est mon voisin de palier... Étonnant...

Je ne sais pas ce qu'il fait dans la vie, mais il arbore toujours des costumes sombres et une mine sinistre. Pourtant, il a de l'allure avec sa grande stature et ses tempes grisonnantes. D'ailleurs, je sais qu'il plait aux femmes : il a souvent une poupée *Barbie* cramponnée à son bras. En général, il ramène des filles jeunes. Blondes, brunes, rousses, peu importe, mais elles sont toujours très grandes et très minces.

Et là, je vois qu'il a Virgile dans les bras et affiche un air furax. Du coup, je prends une grande inspiration avant de lui ouvrir.

- Bonsoir Monsieur...

Mais sans pouvoir en rajouter davantage, il me coupe la parole brutalement.

- Il est à vous cet animal ? me dit-il en tendant Virgile à bout de bras.

Pas un bonsoir, pas un sourire, et en plus, il crie presque. Il commence à me faire peur avec son regard noir furieux braqué sur moi. Sans mes talons, il fait au moins vingt centimètres de plus que ma taille, et je ressens sa puissance comme une menace.

- Effectivement, c'est mon chat Virgile, j'espère qu'il ne vous a pas importuné... dis-je d'un air désolé.
- Je l'ai trouvé en train d'uriner dans les jardinières de mon balcon. Vous ne pouvez pas le cantonner au vôtre. Je n'ai pas envie de sentir la pisse de chat à chaque fois que j'ouvrirai la fenêtre. Alors faites ce qu'il faut pour qu'il ne recommence pas, sinon je vous promets que je n'aurai pas de scrupule à le jeter par-dessus bord...

Il s'énerve, et son ton monte. Sa sommation me terrifie.

Affolée, je lui arrache Virgile des mains et lui murmure rapidement, les yeux rivés sur mon chat :

- Il a dû passer sous la vitre de séparation... Je vais faire ce qu'il faut pour que Virgile ne puisse pas atteindre votre balcon. Toutes mes excuses, cela ne se reproduira plus.

Et d'un geste rapide, je referme ma porte que je verrouille à double tour.

William

Je reste scié, comme un con, devant cette porte fermée. Je m'attendais à ce qu'elle se rebelle, me crie dessus à son tour. Mais rien de tout cela ne s'est passé. Et je reste figé, là, à essayer de comprendre. Je suis commissaire de police alors les réactions humaines cela me connaît généralement...

Dans les yeux de cette femme, je viens de voir de la terreur. Et cela me glace le sang. Le pire, c'est que j'ai cru reconnaître celle que j'ai si souvent vue dans le regard... des femmes maltraitées.

J'espère que je me trompe mais j'ai un mauvais pressentiment. Du coup, je n'ose pas sonner de nouveau à sa porte pour m'excuser. Elle ne m'ouvrira pas de toutes façons.

Je fais demi-tour et rentre chez moi.

Et en tout bon flic, j'essaye de rassembler tous les éléments que je connais sur elle. C'est à dire, pas grand-chose en fait...

Elle n'est arrivée que depuis quelques mois dans la résidence. Elle doit avoir la cinquantaine, et paraît vraiment seule dans la vie. En tous cas, je ne l'ai jamais croisée avec un homme, ni avec quiconque d'ailleurs. Elle a un style un peu vieillot, toujours tirée à quatre épingles, habillée comme si elle sortait dans le grand monde, avec ses cheveux noirs toujours roulés en un chignon impeccable. Peut-être a-t-elle été riche auparavant, et après un revers de fortune, elle vit maintenant parmi le commun des mortels ? Elle a l'air un peu en décalage tout de même...

En revanche, en tant que mec, je dois bien lui reconnaître que sa silhouette attire l'œil avec une poitrine magnifique, opulente et bien haute. Et je ne vous parle pas de sa chute de rein. Bon, elle n'est pas très grande, c'est bien dommage...

« Eh ! Tu t'égares, tu t'égares... Ce n'est pas comme ça qu'on commence une enquête... » me réprimande la voix de ma conscience professionnelle.

Bien, finalement je décide que la prochaine fois qu'on se croisera dans le couloir, je lui présenterai toutes mes excuses et essayerai d'entamer la conversation, histoire d'en savoir un peu plus sur elle.

* * *

Six mois sont déjà passés depuis l'incident avec le chat, et je n'ai toujours pas recroisé ma voisine. À chaque fois qu'elle m'a aperçu aux ascenseurs ou aux boîtes aux lettres, elle a fait demi-tour et s'est évaporée.

C'est fou !

Je lui ai fait si peur qu'elle ne veut plus me voir. C'est bien la première fois qu'une femme me fuit ainsi comme la peste.

Bon, en toute honnêteté, je pourrai certainement en citer quelques-unes de plus, mais pour des raisons beaucoup moins dramatiques. Il faut dire que je préviens toujours que je ne m'attache pas, que je ne veux pas m'engager, mais cela n'empêche pas certaines de penser tout de même pouvoir me changer.

Ah ! Les femmes ! Et leur satané attachement…

Pourquoi venir compliquer les choses ?

Allez comprendre…

* * *

Ce soir, je rentre du commissariat relativement de bonne heure et pénètre dans l'ascenseur d'une manière automatique, perdu dans mes pensées. J'ai déjà appuyé sur mon étage, mais je bloque tout de même l'accès ouvert quand j'entends la porte d'entrée de l'immeuble se refermer dans son bruit de métal qui me reconnecte à la réalité. Les talons qui courent sur le marbre raisonnent, et voilà que ma voisine débarque essoufflée dans la cabine. Elle me voit, se met immédiatement à pâlir, et instinctivement se retourne pour sortir de l'ascenseur.

Spontanément, je la retiens par le bras :

- S'il vous plait... Ne partez pas... la prié-je, le regard suppliant. Je suis désolé de vous avoir fait peur la dernière fois... J'avais eu une journée épouvantable et j'ai passé mes nerfs sur votre chat... Je n'aurais pas dû... Pardon, vraiment...

Ses yeux me scrutent, et je suis soudainement frappé par la beauté de son regard. Elle a les yeux couleur ambre, des yeux d'or magnifiques. Comment se fait-il que je ne les aie pas remarqués la dernière fois ? Ma colère sans doute...

Sa respiration semble se calmer, alors je lâche son bras en douceur, espérant de toutes mes forces qu'elle reste dans l'ascenseur.

- Excuses acceptées, dit-elle simplement.

Puis elle se cale au point le plus éloigné de moi et plonge son regard sur le sol. Je continue la conversation seul pour essayer de rompre la glace :

- Je vous remercie aussi pour les aménagements que vous avez faits sur votre balcon. C'est très efficace et très esthétique en plus...
- Je vous en prie.

Sa réponse est brève, dénuée de toute chaleur. Elle est sur la réserve et son regard reste fixé à ses chaussures.

La suite du voyage se fait dans un silence total, et une fois arrivés à notre étage, je me mets de côté pour la laisser sortir, mon bras garantissant que les portes restent ouvertes à son passage.

Elle me remercie timidement et tourne vers la droite pour rejoindre son appartement, lorsqu'elle se fige littéralement sur place. Je trouve étonnant qu'elle ne s'avance pas plus, alors je tourne instinctivement la tête à mon tour et vois que sa porte est taguée à la peinture rouge dégoulinante d'un « *SALOPE* », en biais du bas en haut.

Je regarde immédiatement ma voisine et remarque son visage pétrifié par la terreur ainsi que des larmes couler silencieusement le long de ses joues. Puis dans un souffle, elle murmure :

« Il m'a retrouvée… ».

Elle se plaque le dos au mur du couloir et laisse aller ses sanglots.

À cet instant, je ressens sa peur, son angoisse et son découragement. Puis elle s'arrête de respirer et me regarde en hurlant :

« Virgile ! »

Le commissaire de police que je suis refait surface, et je me mobilise pour prendre les choses en main. Je cherche ma carte de flic dans ma veste et la lui montre pour qu'elle sache qu'elle peut compter sur moi :

- Je suis commissaire de police au commissariat du XVIIIe. Je vais joindre immédiatement mes collègues du XVe. Ne vous inquiétez pas, je vais m'assurer qu'on retrouve l'auteur de ce message... Pour l'instant, je ne peux pas vous laisser rentrer dans votre appartement. Je vais voir si une équipe pourrait être dépêchée pour prendre les empreintes.

Elle me regarde désespérée :

- Et mon chat ?
- Je téléphone d'abord au commissariat, et ensuite je vous promets qu'on s'en occupe... Vous avez une amie ou de la famille qui pourrait vous héberger pour la nuit ?

D'un geste de la tête, elle me répond par la négative, alors je cherche une solution temporaire.

- Bon, en attendant, je vous propose de vous installer dans mon salon. Je vais vous servir un verre, et dès que je peux, je vous ramène votre chat. Cela vous convient ?

Elle ne parle toujours pas, acquiesçant simplement d'un battement de cils. Ses yeux d'or sont noyés dans ses larmes et je n'arrive pas à détacher mon regard d'eux tant ils me touchent... Ma raison m'ordonne de me reconcentrer pour aller ouvrir mon appartement, et je m'exécute à la hâte.

* * *

Mon salon n'est pas très avenant, je sais...

Je n'ai pas refait la décoration après le départ de mes parents, et utilise encore les quelques meubles qu'ils ont laissés là, depuis près de dix ans. Un piano demi-queue, qui est dans ma famille depuis toujours et auquel je tiens comme à la prunelle de mes yeux, trône en plein milieu. Au fond près de la fenêtre, un petit canapé et deux fauteuils se font face à face. Entre eux, une minuscule table basse permet d'accueillir les verres pour un apéro. Mais en fait, je n'invite jamais personne ici.

On pourrait dire que je suis plutôt un solitaire. Au bureau, j'ai même le surnom de « Lion ». Au départ, j'ai trouvé ça bizarre, mais finalement, cela me correspond plutôt bien : je ne lâche jamais rien, surtout quand je suis sur les traces d'un criminel ou que je me bats sur un ring.

La porte de mon appartement ouverte, je fais un signe du bras à mon invitée pour la prier d'entrer. Elle semble très intimidée, ce qui me paraît vraiment étonnant pour une femme d'âge mûr comme elle. Elle s'arrête net et me regarde surprise :

- C'est donc vous le pianiste de la résidence ? Moi qui croyais que c'était le voisin du dessous... Je n'aurais jamais pensé à vous... reconnaît-elle.

- Et pourquoi pensiez-vous que cela ne puisse pas être moi ?
- Peut-être à cause de votre air austère. Je vous imaginais travailler aux pompes funèbres...

Sa remarque me fait sourire : c'est vrai que je peux paraître un peu rustre, et comme notre relation a plutôt commencé sous le signe de la colère, je ne peux pas lui en vouloir. Mais je note comme une petite revanche dans ses propos...

- Il faut reconnaître que commissaire de police, ce n'est pas toujours très gai comme job... On a parfois affaire à toute la misère du monde. La musique se révèle être une excellente échappatoire, surtout accompagnée d'un vieux whisky...

Comme elle ne s'avance pas, je l'invite à retirer son manteau que je pends sur le perroquet de l'entrée et lui propose de prendre place dans le canapé.

Dans la foulée, je lui demande ce qu'elle souhaite boire, et finalement, me rends compte un peu gêné qu'à part mon fameux whisky, je n'ai rien d'autre à lui offrir...

- Un verre d'eau sera parfait, me dit-elle en s'asseyant avec élégance dans le canapé.

Je lui rapporte le verre et ne peux m'empêcher de l'interroger en le lui tendant :

- Vous avez dit tout à l'heure : « *Il m'a retrouvée* ». De qui parlez-vous ?

- De mon ex-mari... Je crois qu'il n'a pas bien « imprimé » que nous étions divorcés, et il laisse régulièrement dans mes logements des indices pour manifester sa présence. J'ai changé quatre fois de villes en cinq ans pour essayer de le décourager, mais il me retrouve toujours.
- Et vous n'avez jamais porté plainte ?
- Pour quoi ? Quelques vieilles photos glissées dans ma boîte aux lettres, un livre déposé dans mon appartement, ou une fenêtre laissée ouverte qui a entrainé la chute et la mort de mon précédent chat ? Comment voulez-vous que je prouve ma bonne foi avec ces éléments ?

Je comprends maintenant ce que mes menaces passées à l'encontre de son « Virgile » ont dû avoir comme effet sur elle... Je ne pouvais pas tomber plus mal et m'en veux terriblement.

Je la regarde et reçois tout ce qu'elle me raconte sans percevoir de filtre : je ressens qu'elle me dit la vérité.

Elle a les bras croisés et ne peut s'empêcher de laisser aller et venir son regard dans la pièce. Mais rien ne semble pouvoir fixer son attention, alors elle finit par me regarder vraiment.

Et comme à chaque fois, l'or de ses yeux me déconcerte : je n'ai jamais vu un tel regard...

- Pensez-vous qu'il y en aura pour longtemps ?
- Je n'ai pas encore de réponse de la Scientifique... Alors oui, je pense que ça

peut être long… Mais si vous me donnez vos clés, je vais tenter de récupérer votre chat.

En moins d'une minute, elle se lève, et le trousseau se retrouve dans mes mains. Puis elle me suit sur le palier.

Je sors une paire de gants en latex de la poche de ma veste, l'enfile, et avec une infinie précaution, ouvre la porte sans la toucher. Elle appelle l'animal d'une manière douce, et au son familier de la voix de sa maîtresse, celui-ci sort sur le palier sans plus de difficultés. Quel soulagement pour elle, mais pas autant que pour moi ! La bête est sauve, et j'ai réussi à la mettre en sécurité : je m'en serais vraiment voulu si j'avais foiré ce coup-là.

Elle l'attrape en douceur et lui dépose un baiser sur le front. Puis elle s'adresse à moi :

- Merci beaucoup Commissaire… C'est idiot, je sais, mais je tiens beaucoup à cette bestiole…

Et d'un geste, elle lui frotte le crâne, ce qui fait ronronner l'animal.

- Je vais le déposer chez Madame Gredin. Elle a l'habitude. C'est elle qui le garde quand je suis en déplacement.
- Vous avez raison : il y sera en sécurité. Mais s'il vous plait, ne donnez pour l'instant aucun élément sur ce qui vous arrive…
- Très bien Commissaire.

- Je vous en prie, appelez-moi William. Ici, j'aime à ne pas me sentir au bureau, lui dis-je avec un petit sourire.
- Comme vous voudrez... Je me prénomme Céline... Céline Bach, au cas où vous ne connaitriez pas mon nom...

Elle se retourne gracieusement sans attendre de confirmation de ma part et prend l'ascenseur pour descendre au rez-de-chaussée jusqu'à la loge de la gardienne de l'immeuble.

Madame Gredin est une femme qui prend très à cœur ses attributions, et malgré qu'elle soit trop bavarde à mon goût, je dois lui reconnaître qu'elle est toujours d'une aide précieuse.

En attendant, je me mets à l'aise en ôtant ma veste puis me prépare à appeler Simon.

Simon est mon ex-coéquipier mais c'est surtout, pour le fils unique que je suis, ce que j'ai de plus ressemblant comme frère. Étant donné qu'il travaille maintenant au commissariat du XVe, il est tout à fait naturel que je le mette au courant de cette affaire.

Avec mon caractère de lion, j'ai voulu gravir les échelons. Simon, lui, avait plutôt les caractéristiques du buffle : infatigable, puissant à la tâche, mais sans avoir le même besoin de reconnaissance que moi. Il faut dire que chez lui, l'attend une charmante épouse et quatre adorables bambins qui le rendent parfois fou, mais pour lesquels il se ferait couper en quinze. Alors le boulot, il le voit plus au poste à fouiner dans la mine d'or des renseignements qu'on a maintenant avec internet et les nouvelles technologies, plutôt qu'à courir physiquement après les voyous. Et je dois dire qu'il excelle dans son domaine.

Je n'hésite donc pas une minute, attrape mon téléphone et lance l'appel :

- Salut Simon ! Je te dérange ? Tu es à table ?
- Non, pas encore... Qu'est-ce qui me vaut de t'entendre ?
- Je peux te parler d'une affaire rapidement ?
- Tu as cinq minutes avant que ma douce m'appelle pour dîner et me démonte si elle m'entend parler boulot à cette heure-ci...
- Tu ne vas tout de même pas lui en vouloir de tenir à toi ?
- Ah ! Tu prends toujours sa défense, hein ? Je vais le lui dire, ça lui fera plaisir... Alors, qu'est-ce qui t'amène à cette heure tardive ?
- Figure-toi que je suis arrivé en même temps que ma voisine ce soir...
- Non, pas possible... me coupe-t-il. Et tu as pu lui parler ?
- Oui, mais pas bien longtemps car un taré lui a tagué « *SALOPE* » sur sa porte d'entrée avec un liquide rouge qui ressemble à si méprendre à du sang. Je ne dis pas que c'en est, bien sûr, mais bon... il faudrait vérifier, histoire de faire les choses correctement.
- Waouh ! C'est un peu violent, non ?
- Oui, sachant qu'il y a un digicode en bas... Je ne pense pas que cela puisse être le fruit

du hasard. Surtout que les autres portes de l'étage n'ont pas été dégradées. Pour moi, il n'y a pas de doute qu'elle était bien visée. D'autant plus que lorsqu'elle a vu le tag, elle s'est décomposée et a spontanément dit : « *Il m'a retrouvée* ». Avant que tu ne me le demandes, je lui ai posé la question, et elle parlait de son ex-mari...
- Son ex-mari qui la harcellerait ? C'est possible... Mais cela pourrait être tout aussi bien une femme qu'elle aurait faite cocue ou un proche du mari qui n'arriverait pas à lui pardonner le divorce...
- Oui... Effectivement, ce sont des pistes à ne pas négliger...
Elle m'a parlé également de photos glissées dans sa boîte aux lettres pour lui remémorer son mariage, mais aussi des livres déposés chez elle pour attirer son attention. Puis une fenêtre ouverte intentionnellement provoquant la mort de son précédent chat. Dans les deux derniers cas, il y aurait eu intrusion à son domicile...
- Là comme ça, on ne peut rien en déduire... Elle a très bien pu tout inventer...
- C'est vrai. D'ailleurs, elle est tout à fait consciente qu'elle n'a aucune preuve de ce qu'elle avance et paraît complètement désemparée... Elle a eu cinq logements différents en cinq ans pour échapper aux harcèlements.
- Après, si elle n'a pas de preuve, c'est vrai que c'est difficile d'entamer une procédure...

- En attendant, comme j'aimerais bien en avoir le cœur net, j'ai demandé à la Scientifique d'envoyer une petite équipe pour vérifier s'il n'y a pas d'empreinte et s'il y a eu intrusion ou pas. J'ai insisté aussi pour qu'on vérifie la présence de micros.
- C'est peut-être un peu exagéré, mais je vais faire confiance à ton instinct. Il n'est généralement pas si mauvais....
- Très drôle...
- Si on veut faire les choses bien, il ne faudra rien négliger : un harcèlement, cela peut parfois dégénérer... dit-il en redevenant sérieux.

  Bon, je vais être obligé de te laisser : ici, c'est Lili le patron quand il s'agit du dîner...
- Veinard ! Ta femme est un véritable cordon-bleu, et c'est pour ça que tu te laisses faire...
- T'as raison... pouffe-t-il. Je me damnerais pour ses lasagnes...

  Bon, ne t'inquiète pas, je m'occupe de ton affaire demain à la première heure. Tu m'envoies un mail avec les éléments que ta voisine pourra te donner ?
- Aucun problème.
- Et Will... par pitié, soit un gentleman avec elle ce soir...
- Je suis toujours un gentleman... riposté-je légèrement offusqué.
- C'est ça ! À d'autres ! et il raccroche en riant.

* * *

Un coup de sonnette me fait sursauter, et j'ai juste le temps de raccrocher d'avec mes collègues du commissariat pour aller ouvrir la porte sur la silhouette de Céline.

Ses talons et ses collants fumés mettent en valeur ses jambes, sa robe souligne sa taille fine et son décolleté attire le regard sur sa poitrine voluptueuse, sur laquelle j'ai une vue plongeante grâce à notre différence de taille… Magnifique !

On ne va pas se mentir : je sais que mon surnom de Lion vient aussi du fait que c'est l'animal qui a une réputation d'amant aux conquêtes multiples…

Étonnamment, cette femme ne ressemble en rien aux filles que je ramène habituellement de mes virées nocturnes, et pourtant en d'autres circonstances, elle aurait certainement pu m'attirer sur un terrain plus sensuel…

Cependant, toute la détresse qui émane d'elle me remet d'office dans le droit chemin, et je reprends mon rôle de commissaire pour continuer dans un registre professionnel, comme lorsque je reçois les victimes au poste.

Elle reprend sa place avec grâce sur le canapé et vient aux nouvelles.

- Je suis désolé Céline, mais l'équipe scientifique est sur un homicide et ne pourra intervenir dans votre appartement que demain matin à la première heure. Il serait souhaitable que vous n'y alliez pas ce soir. Vous êtes vraiment sûre que personne ne puisse vous héberger ?
- Non... Je ne suis là que depuis quelques mois... Je préfère aller à l'hôtel...
- Cela m'embête de vous savoir seule à l'hôtel... On ne sait pas ce qui se cache derrière cette menace. Écoutez, j'ai une proposition à vous faire en tout bien tout honneur : est-ce que rester ici pour la nuit vous gênerait ? Je vous laisse ma chambre et je dormirai sur le canapé, il n'y a aucun souci...
- Vous avez vu votre taille... et le canapé ?

C'est évident que son gabarit serait plus approprié, mais j'ai des principes de galanterie. Avant que je ne puisse riposter, elle rajoute inquiète :

- Vous savez qu'il va savoir que vous m'hébergez et que cela va vous mettre en danger...

Je la regarde surpris et suis presque vexé :

- Non, mais vous pensez vraiment que votre Ex va pouvoir m'atteindre ? Vous rigolez là ? Je suis flic, entrainé et armé. J'aimerais bien voir ça... Qu'il vienne, il va être bien reçu... Mais pourquoi pensez-vous qu'il me menacerait ?
- Il y a deux ans, un de mes collègues m'a draguée d'une manière tout à fait galante

pendant quelques mois, faisant même jaser dans notre entourage. Un soir, il m'a invitée à aller boire un verre, et on a continué par un dîner très agréable. Après m'avoir raccompagnée chez moi, il a été renversé par un chauffard qui n'a jamais été retrouvé. J'ai d'abord cru à un simple accident, mais par la suite, il n'a plus voulu qu'on se fréquente. Il m'a simplement dit que je ne correspondais pas à ce qu'il recherchait chez une femme. J'étais vraiment surprise car cela ne cadrait pas avec les très bons moments que nous avions passés ensemble : il m'avait même caressé la main tout au long de la soirée... Presque une année plus tard, je suis partie à Toulouse en déplacement professionnel. J'ai été accueillie par un homme célibataire très sympa qui m'a fait faire le tour de la ville. On s'est tout de suite plus, lui et moi, un vrai coup de cœur. Il m'a emmenée manger dans un endroit très romantique. Ensuite, il a voulu me raccompagner à mon hôtel, et c'est sûr que je lui aurais donné l'autorisation de monter dans ma chambre. Eh bien, juste avant de rentrer dans le hall, il a reçu un appel téléphonique et m'a laissée choir sans aucune explication... Le lendemain, il s'est fait porter pâle, et c'est un homme tout à fait charmant et tout à fait marié qui a continué le projet avec moi. Alors, soit je porte la poisse, soit je suis maudite, et personne ne pourra m'approcher jusqu'à la fin de mes jours, soit Carl est derrière tout ça et fait le maximum pour que je ne puisse pas refaire ma vie.

Elle fait une pause quelques secondes et reprend, d'un ton résigné :

- C'est pour cela que je suis seule et que je tiens à le rester : j'ai trop peur qu'il arrive du mal aux gens que je pourrais aimer.

Je reste scotché d'entendre ça…

Est-ce possible de vivre ainsi avec l'impression de porter malheur et d'être espionnée tout le temps ? Pour que son calvaire cesse, je dois, soit lui prouver qu'il n'y a de conspiration que dans son imagination, soit mettre sous les barreaux celui ou celle qui lui fait vivre cet enfer.

- Est-ce que vous permettez que je donne certains éléments de votre vie à mon collègue afin qu'il entame des recherches ?

J'attrape mon ordinateur pour lier l'action à ma parole.

- Est-ce que vous êtes sûr de cet homme ? Carl est un très grand avocat de la place de Paris et il a sûrement beaucoup d'amis au sein de la Police.
- Comment s'appelle-t-il ?
- Carl Webber.
- Carl Webber ? Cela ne me dit rien… De quel genre d'affaires s'occupe-t-il ?

- C'est un avocat plutôt spécialisé dans l'immobilier et les travaux publics, d'après ce qu'il m'avait dit.
- Ah ! C'est pour cela. À la criminelle, on est plutôt en relation avec les pénalistes... Et pour répondre à votre première question : Simon est comme mon frère, j'ai mis ma vie entre ses mains un certain nombre de fois. Il n'a pas son pareil pour dénicher les trucs qui clochent...
- Est-ce que j'ai le choix ? Si Carl s'aperçoit qu'il enquête sur lui, vous êtes conscient que vous allez le mettre en danger lui aussi ? Il a une famille ?
- Oui. Une femme et quatre enfants.
- Alors non... Je ne veux pas qu'il ait des problèmes à cause de moi. Je préfère qu'on en reste là.
- Céline... Si vous voulez que je vous aide, il va falloir quand même que vous me laissiez faire mon boulot...

Elle baisse les yeux au sol et se mure dans le silence. Je décide donc de changer de sujet :

- Vous avez faim ? Je nous commande des pizzas ? Je connais un petit restaurant italien qui livre, et vous m'en direz des nouvelles...
- Cela fait au moins vingt ans que je n'ai pas mangé de pizza... avoue-t-elle.
- Vous me faites marcher...
- J'ai tendance à grossir alors Carl m'avait interdit d'en manger.
- Mais vous êtes divorcés depuis cinq ans déjà, non ?

- Je sais... Je n'ai même pas pensé à transgresser cette règle...
- Il y avait beaucoup d'autres règles ?
- Ouh ! Vous n'avez pas idée...
- Et quelles règles avez-vous déjà transgressées ?
- J'ai un chat et je mange toujours à ma faim... même si je suis ronde...

J'ai toujours trouvé sa silhouette de pin-up des années cinquante tout à fait désirable et je ne comprends pas qu'elle puisse se sous-estimer ainsi.

- Vous êtes parfaite... Tous les hommes tournent la tête vers vous à chaque fois que vous passez dans le hall de l'immeuble... Surtout Monsieur Durant...

Elle éclate de rire :

- Je ne suis pas sûre que cela soit un compliment : Monsieur Durant a presque quatre-vingt-dix ans et reluquerait un balai brosse avec une robe...
- Ne changez pas et ne devenez surtout pas comme toutes ces planches à pain insipides... J'appelle Sergio tout de suite.

La conversation est enfin plus légère, et j'en suis ravi. Cela me paraît être de bon augure pour la soirée qui s'offre à nous...

Céline

Je sais qu'il veut m'aider… Mais il ne sait pas du tout dans quoi il s'embringue en voulant me porter secours. D'un autre côté, c'est vrai aussi qu'il est commissaire de police, et qu'il est mieux armé que quiconque pour pouvoir se battre contre Carl.

Si c'est bien Carl…

Je suis lucide sur le fait que je n'ai pas de preuves qu'il est bien l'investigateur de tout ce qui m'arrive. Je lui dois le bénéfice du doute… Seulement voilà, je ne vois pas qui d'autre pourrait vouloir me harceler de la sorte.

Le jour de mon mariage avec Carl, pour lui, c'est comme s'il avait signé des documents le rendant propriétaire de ma personne. Le divorce a été très difficile à lui faire accepter, et bien qu'il se soit plié à la loi, dans son regard j'ai bien senti qu'il n'avait pas tourné la page et qu'il continuerait à être présent dans ma vie d'une manière ou d'une autre.

J'ai eu beau fuir, à Dijon, Toulouse, Nice, La Rochelle, j'ai abandonné : il me retrouve toujours et me donne des preuves de sa présence irrémédiable dans ma vie. Du coup, j'ai jeté l'éponge, et quitte à me faire harceler, je suis revenue à Paris où une opportunité de carrière m'attendait.

William me sort de mes pensées funestes en me tendant une part de pizza qui sent divinement bon. La mozzarella est fondue sur le dessus et recouvre des légumes du soleil et du jambon cru. Je croque et la croute craque sous mes dents. Mon dieu, c'est tellement bon que j'en ferme les yeux...

J'avale tout sans rien dire, savourant chaque bouchée.

À la fin de ma part, je m'aperçois que William est en train de m'observer en souriant. Puis il me tend un verre de vin rouge qui avait été livré avec la pizza. Je pense que mon visage est devenu aussi écarlate que le liquide que je suis en train de déguster. Alors pour reprendre une contenance, je reprends la main sur la conversation :

- C'est la meilleure pizza que j'ai jamais mangée...
- C'est bien ce qu'il m'a semblé... Le chef a notre âge alors vous avez encore les vingt prochaines années pour en profiter.
- Je vais devenir énorme...
- Eh bien, restera plus qu'à bouger pour éliminer. C'est ma philosophie : bien manger et se remuer pour rester élégant.

Il me dit cela en rentrant le ventre avec un sourire de pub de dentifrice, et sa pitrerie m'amuse. Puis il prend un air plus grave et m'avoue :

- On a dû vous le dire des centaines de fois, mais vous avez des yeux splendides.

- En fait, pas tant que cela. Je sais qu'ils n'ont pas une couleur ordinaire, et cela peut parfois dérouter mes interlocuteurs...
- Ils ont une couleur rare que je n'avais jamais vue sur personne d'autre...
- C'est aussi ce qui a séduit Carl à un réveillon de la Saint-Sylvestre. J'avais mis une robe longue en lamé mordoré, assortie à mon regard. À l'époque, j'avais trente ans et quelques kilos en moins... Quand je suis entrée dans la salle, il s'est avancé vers moi comme dans les films romantiques, comme s'il avait été touché par la foudre. C'était un très bel homme élégant, blond avec de beaux yeux bleus. J'ai été immédiatement séduite. Il ne m'a plus jamais lâchée. On s'est mariés rapidement, puis il m'a prise pour sa chose et m'a étouffée jusqu'à ce que je n'en puisse plus et que je demande le divorce...

Je me sens replonger dans la mélancolie, mais William me tend une seconde part de pizza. L'effet est immédiat : le sourire aux lèvres, je l'attrape et entrouvre ma bouche pour l'engloutir. Le plaisir est intense. Et je referme les yeux. J'avais oublié comme cela pouvait être bon la gourmandise et me promets de noter l'adresse de ce restaurant italien. Il y a certainement d'autres plats délicieux à goûter...

Je n'arrive pas à manger d'une manière distinguée : j'ai certainement de la sauce tomate à la commissure des lèvres et la mozzarella s'étire sans que je n'arrive à la couper avec mes dents. Je sens que la situation m'échappe et me met dans l'embarras...

William n'arrête pas de rire et de se moquer de mes mésaventures. Il vient quand même à mon secours avec des serviettes en papier.

Un fois rassasiée, je prends mon verre dans les mains et me cale dans le canapé.

- Bon, j'ai assez parlé de moi ce soir... Et vous, avez-vous déjà été marié ?
- Grand dieu, non ! s'exclame-t-il.
- Remarquez, je ne vous jette pas la pierre : cela a été une telle catastrophe pour moi... Mais je suis surprise qu'aucune de vos poupées *Barbie* n'ait pas réussi à vous passer la corde au cou...
- Mes poupées *Barbie* ? Vous m'espionniez, très chère voisine... rétorque-t-il d'un air taquin.

Mince... prise la main dans le sac...

Je sens le rouge me monter encore une fois au visage...

Décidément, ce soir je n'arrive pas à garder mon flegme habituel...

- Pas du tout... dis-je de très mauvaise foi. Mais comme on habite sur le même palier, il m'est arrivé de croiser certaines de vos conquêtes.

- Oui, j'aime beaucoup les femmes mais j'ai du mal à vivre avec…
- Ah oui ? Et pourquoi ?
- Je suis un lion solitaire… J'ai du mal à partager ma tanière, j'ai mes petites habitudes. Et puis mon métier n'aide pas non plus : impossible d'avoir des horaires fixes et quand je suis sur une affaire, je peux être accaparé nuit et jour… Alors embarquer une autre personne dans cette vie pas vraiment rangée… j'ai abandonné…
- Pourtant, votre coéquipier a réussi, lui…
- Oui, c'est vrai… Lili est une perle, et ils se sont bien trouvés tous les deux. Les voir, c'est comme regarder un idéal inatteignable. Mais Simon n'avait pas non plus les grandes ambitions professionnelles qui me faisaient rêver à une certaine époque et qui ont été mon moteur pendant des années. Il a souvent préféré faire passer son métier en second pour préserver sa vie de famille. C'est un choix que je n'ai pas voulu faire.

Il marque une pause quelques secondes et conclut :

- Et je n'ai pas trouvé, non plus, celle qui m'aurait fait faire un autre choix…

Fin des confidences.

Il se lève, débarrasse et nettoie tout impeccablement. Il faut reconnaître que tout le reste de l'appartement est nickel également. Il a un côté psychopathe du rangement qui pourrait faire peur, mais que je comprends tellement : je le suis un peu moi aussi.

Le dîner étant terminé, je ne peux m'empêcher de lui demander :

- Comment vais-je faire ? Je n'ai aucune affaire...
- Ne vous inquiétez pas : je vais vous fournir tout ce qu'il vous faut pour tenir ce soir, et demain tout rentrera dans l'ordre. À votre réveil, je vous propose d'appeler votre bureau pour dire que vous êtes souffrante. Et une fois que la Scientifique sera passée, vous pourrez rentrer chez vous. Il n'est pas impossible que demain après-midi vous puissiez même aller travailler.

J'acquiesce d'un signe de tête. Puis, il continue :

- Allez ! Suivez-moi ! Je vais vous donner de quoi vous rafraîchir.

Quelques minutes plus tard, j'ai dans les mains une brosse à dents neuve et quelques échantillons d'hôtels : gel douche, shampoing, crème pour le corps...

Il sort une pile de serviette qu'il dépose sur le plan vasque.

- J'ai l'habitude d'utiliser le lavabo de gauche, alors je vous laisse celui de droite.

Je vois qu'il est très méticuleux, et pour un homme solitaire comme lui, cela m'étonne. J'imaginais qu'un quinquagénaire célibataire vivait plutôt dans un bazar organisé.

Puis il ouvre sa penderie et en sort un haut de pyjama, de style un peu vieux jeu, en coton bleu boutonné sur le devant.

- Je ne porte que les bas de pyjama mais je pense que vous préférerez mettre le haut…
- Effectivement… lui répondis-je en souriant.

Je suis soulagée : le vêtement XXL me couvrira convenablement. Je sais que je n'aurai pas froid, nos appartements sont très bien chauffés. Mais surtout je tiens à être décente. Je ne veux pas d'ambiguïté entre nous et ne veux surtout pas finir à son tableau de chasse, bien que faire l'amour avec lui serait certainement comme manger de la pizza : merveilleusement bon.

« Eh ! Ma fille ! Qu'est-ce qu'il te prend… Un peu de tenue tout de même ! » me sermonne une petite voix dans ma tête.

Il faut dire que je ne sais même plus depuis combien de temps j'ai eu une relation satisfaisante avec un homme… Vingt ans ? Comme la pizza ?

Il me laisse dans la salle de bain. Une fois seule, je me déshabille, retire comme je peux une partie de mon maquillage, et enfile le haut de pyjama géant qui m'arrive presque aux genoux et me couvre bien. Ouf !

Le décolleté laisse entrevoir la naissance de ma poitrine : je n'y peux rien mais c'est décent comme je souhaitais, donc je suis rassurée. J'enroule le bas des manches.

Voilà, je suis prête…

Quand je sors de la salle de bain, il est dans sa chambre prêt à changer les draps. Je le stoppe autoritairement :

- Hors de question : je dors sur le canapé. Je suis beaucoup plus petite que vous.

Il ouvre la bouche pour contester mais d'un geste de la main, je l'arrête :

- Et ce n'est pas négociable. Vous m'hébergez, c'est déjà super gentil.

Je lui prends d'office les draps qu'il tient dans les mains. Il capitule devant ma détermination.

- Attendez… Je vous donne un plaid et un oreiller, me dit-il presque timidement comme si je l'avais impressionné avec ma soudaine crise d'autorité.
- Merci… me radoucis-je.

J'aime sa prévenance et finalement, ne me sens pas si mal compte tenu des circonstances. Il m'aide à me faire un lit douillet sur le canapé et allume une petite lampe à proximité, que je pourrai atteindre une fois allongée.

Puis il éteint tout le reste et se tient à la porte du couloir qui mène à sa chambre et à la salle de bain.

- Bonne nuit Céline... Si vous avez le moindre souci, je suis à côté...
- Bonne nuit William... Et encore merci pour tout...

Je reste éveillée quelques longues minutes, réfléchissant à cette situation hors du commun, en tous cas, hors de mon commun.

Dormir dans l'appartement d'un homme ne m'est pas arrivé depuis tellement d'années, bien avant mon mariage...

Il n'a pas cherché à profiter de la situation, et pour cela, je lui en suis extrêmement reconnaissante.

Mais je sais aussi qu'une menace rode dehors. Même si j'ai de gros soupçons sur l'implication de Carl dans cette histoire, je dois bien reconnaître que d'autres personnes auraient pu m'en vouloir. Sa secrétaire Barbara, par exemple, est une parfaite candidate pour un harcèlement. Elle lui voue un culte pas possible et aurait très bien pu disjoncter en le voyant souffrir avec le divorce.

Mes pensées me stressent. Pour me réconforter, je fixe la lumière qui se diffuse sous la porte du couloir. Je sens la présence de William qui se prépare à aller se coucher, et elle m'apaise comme par magie.

Alors dès que la lumière s'éteint, je glisse dans le sommeil sans m'en rendre compte...

* * *

La nuit est déjà bien entamée quand je me réveille en sursaut une fois encore. Je suis allongée dans le canapé face à la porte d'entrée. Le salon est plongé dans l'obscurité. Seule la lumière des réverbères, à travers les lames des volets, diffuse une lueur pâle qui me permet de distinguer les contours des objets. Mes yeux se sont habitués à la pénombre, et j'ai bien conscience de tout ce qu'il y a dans la pièce.

C'est à ce moment-là que je vois la poignée de la porte d'entrée se baisser très lentement…

En un éclair, l'angoisse infuse son venin dans mon corps jusqu'à l'asphyxie. Je voudrais crier pour que William vienne à mon secours, mais je n'y arrive pas. Je suis tellement tétanisée que je n'arrive plus à bouger.

La porte va s'ouvrir, je le sais. J'attends que son ombre, formée par la lumière de la rue, se détache du mur.

Mon cœur se met à battre aussi vite que si je faisais un sprint en pleine montée. Et ma respiration s'arrête en même temps que la porte sort de son chambranle…

La panique à son paroxysme me donne enfin la force de bouger. Je m'assois brusquement dans le canapé, puis aussi précipitamment que maladroitement, appuie sur l'interrupteur de la lampe que j'ai à portée de main. Quelques secondes passent afin que je surmonte la difficulté à m'habituer à la violence de cette nouvelle luminosité.

Je me rends compte alors que l'objet de ma terreur est toujours bien fermé…

Il est donc évident que, soit j'ai cauchemardé, soit j'ai été prise d'hallucinations du fait de mon imagination débordante.

Je suis en nage, le front trempé. Avec la peur qui me noue le ventre et je me rends compte que je ne pourrai pas rester face à cette porte qui me terrifie. J'attrape donc en vitesse le plaid et le coussin, puis file dans le couloir, près de la chambre de William.

Par la porte entrouverte, je peux l'apercevoir. Il est dans son lit et dort paisiblement. J'entends même ses ronflements légers et constants. Je donnerai n'importe quoi pour avoir le droit de partager son lit à ce moment-là. J'ai simplement besoin de réconfort et de me sentir en sécurité, afin de pouvoir enfin lâcher prise…

De fatigue, je me laisse alors tomber le long du mur entre sa chambre et la salle de bain, me cale la tête dans le coussin et m'enroule dans le plaid.

Tel un métronome, je me laisse bercée au rythme de la respiration de William. Je m'endors ainsi rassurée par sa présence. En tout bon lion, il a réussi à faire disparaître les spectres de mes peurs…

William

Comme tous les matins, je me réveille avant la sonnerie programmée de mon téléphone. Je ne sais pas si c'est le fait que je n'aime pas entendre sonner cet engin, ou que je déteste qu'on me donne des ordres, et encore moins celui de me réveiller, mais j'arrive à l'éteindre avant que le son strident ne s'échappe et ne vienne me vriller les tympans.

Une petite alarme dans mon cerveau me rappelle que je ne suis pas tout seul… Oui, c'est vrai… On fait attention : on se ne promène pas à poil…

Je me lève et m'étonne d'apercevoir quelque chose par terre dans le couloir : chez moi, il n'y a jamais rien qui traîne.

Je m'approche doucement et me rends compte que Céline dort là le long du mur…

« Mais qu'est-ce qu'elle fout là ? »

Après quelques secondes de réflexion, je ne vois malheureusement pas d'autre explication que la peur qui l'aurait poussée à se rapprocher ainsi de ma chambre. J'avoue que c'était déjà la première femme que j'invitais chez moi et qui ne dormait pas dans mon lit. Mais là, par terre… Elle fait fort…

Je m'accroupis près d'elle, mais mon geste la réveille et d'instinct, elle s'écarte de moi en se recroquevillant dans un signe de protection. Son regard paniqué me transmet toute la peur qu'elle ressent...

- Eh ! Céline... C'est William... vous savez ? Votre voisin... Le flic qui vous a fait manger de la pizza hier et prêté son canapé pour dormir...

Son cerveau semble lentement remettre les pièces du puzzle à leur place et sa respiration, anarchique les quelques secondes auparavant, retrouve une synchronisation.

- Oui... bien sûr... Bonjour William...
- Bonjour Céline... Je peux vous demander ce que vous faites par terre dans mon couloir ?
- J'ai fait une terreur nocturne à cause la porte d'entrée : j'ai cru que quelqu'un l'ouvrait et cela m'a effrayé. Je suis désolée mais je ne me sentais plus en sécurité dans le salon...
- Vous n'avez pas à vous excuser. Vu les circonstances, cela peut arriver... Je vais vous faire une proposition : vous ne voulez pas finir la nuit dans mon lit ? Je ne me recouche pas, il est tout à vous. Il est très tôt. Je vais me préparer pour accueillir les gars de la Scientifique. Je vous réveille dans une bonne heure quand le petit déjeuner est prêt. Cela vous convient ?

J'ai presque murmuré pour adoucir le plus possible le ton de ma voix. Elle se comporte comme une femme maltraitée alors j'essaye de lui donner confiance en moi.

Je la vois hésiter mais je remarque aussi les quelques grimaces de douleur qu'elle fait à être sur le parquet. Je la sens abdiquer alors je me relève et lui tends la main. Elle me tend la sienne en retour presque timidement.

Elle bouscule tous les codes que j'ai généralement avec les femmes. D'habitude, j'évolue sur un terrain de séduction avec des partenaires que je sais tout autant armées que moi pour ce jeu-là. Mais là, avec elle, pas de séduction, juste de la crainte. Alors j'ai l'impression de marcher sur des œufs.

Elle s'avance dans ma chambre et s'écroule sur le lit la tête dans son oreiller et le corps enroulé dans le plaid.

J'allume le couloir. Cette lumière brute lui fait fermer les yeux et se retourner. Je fais le tour du lit pour éteindre la lampe de ma table de chevet afin de plonger la pièce dans la pénombre, mais elle m'arrête :

- S'il vous plait... Laissez la lampe allumée...
- Si vous le souhaitez...

Je m'exécute sans demander plus d'explication, comprenant que le noir l'effraye, et je file à la salle de bain sans rajouter un mot.

Céline

Je suis épuisée…

J'en ai marre d'avoir peur et de me sentir sans arrêt vulnérable. Je me sens tellement idiote à ne pas pouvoir rationaliser mes angoisses et passer outre. La lumière douce de la petite lampe me rassure, tout comme la présence de William. Il est là, et j'ai la sensation que je peux lui faire confiance. Alors, à cet instant, dans ce lit, je me laisse aller…

Mon corps est douloureux après les quelques heures passées sur le parquet. Le matelas est confortable et je sens mes muscles se détendre peu à peu. Mon cerveau m'envoie le signal que je peux m'endormir…

J'écoute les bruits familiers générés par les gestes de la vie ordinaire que fait William dans la salle de bain et qui me bercent doucement : le rasoir électrique, l'eau qui coule en pluie dans la douche, la brosse à dents, l'eau dans le lavabo, et enfin le sèche-cheveux qui finalement me fait plonger dans le sommeil…

William

Je sors de la salle de bain à tâtons, mal à l'aise avec seulement ma sortie de bain enroulée autour de la taille.

Je passe une tête et remarque qu'elle dort encore profondément : ouf !

Je ne sais pas vraiment ce qu'elle a enduré, mais je sais que ses traumatismes lui ont laissé des séquelles. Du coup, je la regarde dormir dans mon lit et ne peux m'empêcher de sourire : c'est comme une petite victoire.

Ses longs cheveux noirs coulent sur ses épaules, le décolleté du pyjama laisse entrevoir la naissance de ses seins sublimes...

Elle a cinquante ans passés, mais possède encore de sérieux atouts qu'il m'est impossible d'ignorer.

Je prends mes vêtements dans mon placard en faisant très attention de ne pas la réveiller, puis m'exile dans le salon, non sans un dernier coup d'œil à ma belle endormie...

Qu'elle ironie : c'est bien la première fois que je ne peux pas toucher une femme allongée dans mon lit...

* * *

Une fois prêt, je remets de l'ordre dans mon salon et fais disparaître dans la salle de bain les vêtements posés là hier soir par Céline. Si un des gars a besoin de rentrer dans mon appartement, je ne veux pas qu'il se fasse des fausses idées avec des vêtements de femme qui traînent...

Une fois que tout est nickel, je file dans la cuisine préparer du café. Je me rends compte que je n'ai rien à manger pour le petit-déjeuner, et comme je ne veux pas laisser Céline toute seule, j'appelle Simon à la rescousse.

- Salut Simon !
- Will ? Eh bien, tu es matinal aujourd'hui... La Scientifique est déjà sur ton palier ?
- Non... Mais cela ne devrait plus tarder. Tu viens toujours à l'appartement de Céline ce matin ?
- Oui, oui... Et je peux même te confirmer que je suis officiellement en charge de cette enquête.
- Parfait ! J'aurais un petit service à te demander. Je n'ai rien à offrir à Céline Bach pour le petit déjeuner, et je me disais que tu pourrais peut-être passer par la boulangerie avant de venir, et nous rapporter des croissants ?
- Alors là... Toi, tu deviens prévenant avec une femme ?

- Ce n'est pas pareil… C'est une victime de harcèlement, pas une fille trouvée dans un bar…
- OK ! OK ! Ne t'énerve pas… Je passe à la boulangerie et j'arrive…
- Merci, je te revaudrai ça… conclus-je en raccrochant.

C'est vrai que je ne suis pas toujours le parfait gentleman avec mes conquêtes, mais sa réflexion m'a tout de même vexé. Il ne peut quand même pas imaginer que je puisse mettre sur le même pied d'égalité la femme que je suis en train de protéger avec mes coups d'un soir ?

Tout de même, je sais faire la différence entre une femme qui a besoin d'aide, et celle qui a juste besoin de chaleur pour une nuit…

* * *

Simon arrive dans la demi-heure suivante. Je lui ouvre la porte et le vois avec un gros paquet sous le bras. Sa gourmandise a encore frappé, et il a acheté sans doute compulsivement la moitié de l'étal. Je lui fais signe d'entrer avec un regard amusé.

- Je ne savais pas ce qu'elle aimait, alors j'ai pris un échantillon de chaque, se justifie-t-il.

- Bien sûr... Rien à voir au fait que tu es un « Serial Gourmand » ?
- Très drôle ! grimace-t-il.
- Tu sais qu'avec ton cholestérol, c'est une très mauvaise idée...
- Je sais... mais si personne ne veut le pain au chocolat aux amandes, je me laisserais bien tenter...

Ben, voyons...

- Si tu caftes à Lili que j'ai accédé à ta demande... me défendis-je en lui tendant hésitant le sac en papier qu'il venait de me remettre.
- Will... enfin, t'es comme mon frère...
- Ouais, c'est bien ça le problème... t'en abuses...

Je n'ai jamais connu Simon autrement que potelé. Sa gourmandise a toujours eu raison de ses analyses de sang et de son taux de cholestérol que sa femme essaye de tenir dans les clous depuis des années. Il extirpe donc l'objet de sa convoitise de l'emballage de la boulangerie, l'engloutit en trois bouchées, et change de sujet, histoire de retrouver une contenance.

- Je m'attendais à voir Céline Bach : où est-elle ?
- Elle dort dans ma chambre...
- NON ! s'exclame-t-il les yeux exorbités.
- Oh ! Mais j'en ai assez de tes allusions... Je n'ai rien fait, là... Je lui ai juste prêté mon

lit pour finir la nuit qu'elle a commencé dans le canapé, puis parterre dans le couloir...
- Parterre dans le couloir ? s'étonne-t-il.
- Oui... Elle était terrorisée... Soit c'est une talentueuse comédienne digne des Oscars, soit elle a réellement subi des sévices. Je n'ai pas encore totalement gagné sa confiance, donc je n'ai pas le fin mot de l'histoire, mais crois moi, je vais trouver. J'ai envie de percer le mystère « Céline Bach » ...
- Ouh ! Notre Lion est en piste...

Un coup de sonnette nous interrompt. Je me déplace rapidement dans le salon pour ouvrir la porte et échange brièvement avec les hommes qui vont examiner l'appartement de Céline. Puis, en leur remettant ses clés, je leur réitère ma demande de faire également une recherche de caméras et de micros.

En me retournant, je m'aperçois que la porte du couloir est fermée : la sonnerie a dû la réveiller et elle doit être en train de se préparer.

* * *

Alors que Simon et moi, assis côte à côte sur le canapé du salon, sommes plongés dans nos ordinateurs respectifs, une silhouette fait une apparition hésitante, dépassant juste la tête de la porte du couloir.

- Ah ! Céline ! Vous êtes prête ? Venez ! Il y a du café chaud, et Simon a rapporté des viennoiseries de la boulangerie.

Mais comme elle ne bouge pas, je précise :
- Vous vous souvenez, je vous ai parlé de Simon, mon coéquipier...
- Oui, bien sûr... s'exclame-t-elle.

Elle se détend et entre finalement dans la pièce. Elle est vêtue de sa robe de la veille, mais sans les bas, ni les talons, juste jambes et pieds nus. Ses cheveux sont noués en une tresse floue qui tombe sur son épaule gauche. Elle n'est pas maquillée et les deux soleils de son visage viennent illuminer son sourire.

Elle n'est plus la voisine sophistiquée et froide de la veille. Je ne peux pas m'empêcher de la fixer, tant je la trouve troublante dans cette version bohème d'elle-même.

- Bonjour Simon ! lui dit-elle en lui tendant la main.

Simon semble intimidé et se lève pour lui rendre la pareille.

- Bonjour Céline ! Ravi de vous rencontrer, même si j'aurais préféré d'autres circonstances...
- Oui... moi aussi... répond-elle d'un air désolé.

Puis, elle se tourne vers moi :

- Ils sont en train de fouiller mon appartement ?
- Effectivement, ils devraient encore en avoir pour une bonne heure. Vous avez le temps de manger un morceau, et ensuite on ira chez vous pour en faire le tour et voir si vous ne trouvez rien d'anormal.

Elle acquiesce d'un léger signe de tête et vient s'asseoir élégamment sur un fauteuil. Elle jette un coup d'œil d'envie aux viennoiseries que j'ai placées dans un plat.

- Hier de la pizza... Aujourd'hui, un pain au chocolat... Je vais finir énorme avec votre régime, Commissaire...

La manière malicieuse dont elle a dit ces mots nous renvoie tous les deux à notre conversation d'hier, mettant Simon hors-jeu. Ce début de complicité me fait plaisir, et je ne peux m'empêcher de lui sourire à mon tour :

- Et bien, je vous emmènerai courir avec moi... Il n'y a plus que ça !
- Marcher, je veux bien... Courir, non merci... me dit-elle en plissant son nez.
- Vendu ! On ira marcher tous les deux, alors...

Simon me regarde amusé, et je ne le connais que trop bien pour savoir ce qu'il pense : je suis sûr qu'il se dit que je vais tomber sous le charme de ma voisine. Alors je lui réponds discrètement avec des gros yeux : jamais je ne suis tombé amoureux, ce n'est quand même pas à cinquante-deux ans que cela va m'arriver...

Céline reste silencieuse en grignotant son pain au chocolat. Je vois dans son regard qu'elle se régale, et cela me comble de satisfaction à mon tour.

Mais dès qu'elle a terminé son petit-déjeuner, je reprends mon rôle de commissaire et l'entraîne voir son appartement. Elle remet ses talons avant de sortir sur le palier, puis s'immobilise pour observer la situation : quelques personnes vêtues de combinaisons blanches et de masques vont et viennent, alors qu'un agent en uniforme garde l'entrée sans bouger.

Je lui prends le bras pour la rassurer, et nous nous dirigeons lentement vers sa porte d'entrée encore taguée. Je sens son appréhension, tout comme l'augmentation de son rythme cardiaque, rien que par ma main qui est en contact avec son poignet.

Arrivée dans son entrée, elle prend une grande inspiration, me lâche et continue sa progression seule, ses yeux inspectant tous les détails sur son passage.

Un des hommes en blanc s'approche de moi pour me murmurer à l'oreille qu'il a trouvé un micro dans sa lampe de chevet. Il me montre discrètement le petit sachet dans sa main. Je lui donne l'ordre de l'apporter immédiatement à Simon. Céline, perdue dans ses observations, n'a rien suivi de l'échange que je viens d'avoir, et je décide de ne rien lui dire. Après notre trouvaille, les recherches s'intensifient : les gars restent finalement une heure de plus pour tout passer au peigne fin.

Elle revient vers moi, n'ayant rien trouvé de particulier :

- L'appartement est tel que je l'avais laissé ce matin en partant travailler. Je range tout maladivement car cela me permet de voir si une chose est en trop ou manque, ou si l'on a fouillé mes affaires.
- Eh bien ! Cela ne laisse pas beaucoup de place à la fantaisie…
- La fantaisie, l'insouciance ont déserté ma vie, il y a vingt ans, quand j'ai épousé Carl, me répond-elle abruptement.

Sa réflexion me fait froid dans le dos et me donne encore plus de hargne pour trouver qui est à l'origine de ce harcèlement.

Comme les recherches ne sont pas terminées, je l'invite à retourner dans mon appartement pour passer le reste du temps avec Simon, jusqu'au départ de l'équipe scientifique…

Céline

Je suis soulagée…

Rien n'a été touché dans mon appartement, et tout est à sa place. Je suis rassurée également que la police n'ait pas trouvé de micro ou de caméra. Ce serait tout à fait le style de Carl d'utiliser ce type de méthode.

J'ai l'impression que plus les années passent, et plus le harcèlement s'intensifie. J'aurais parié que la situation s'améliore, mais l'insulte sur ma porte me prouve que la haine que j'inspire a gravi encore un échelon.

D'habitude, les grossièretés, la perte de contrôle, ce n'est pas le style de Carl. Et c'est ce qui me fait douter sur son implication.

Mais dans le cas où il s'avèrerait que c'est bien lui le responsable, je reste convaincue qu'on ne trouverait jamais rien qui relierait Carl au tag : il est bien trop brillant pour se laisser coincer si facilement. En revanche, je ne sais pas jusqu'où il pourrait aller, et les évènements font encore grimper d'un cran mon anxiété.

Je suis reconnaissante à William de ne pas avoir pris mon problème à la légère, et d'avoir tout fait pour sécuriser mon logement. C'est la première fois depuis cinq ans que j'ai de l'aide, et ne plus me sentir seule face à ce problème, me soulage grandement.

Vers midi, j'ai le feu vert pour reprendre possession de mon appartement. En premier, je fais disparaître à coup de détergeant toute trace de l'insulte. En refermant ma porte toute propre, je me dis que l'incident est clos. Enfin, pour l'instant, jusqu'au prochain dérapage...

Je suis heureuse car, comme l'avait supposé William, cet après-midi je peux me rendre à mon travail. Je tiens énormément à mon activité professionnelle, et pas seulement parce qu'elle m'apporte un salaire.

En effet, j'ai dû m'arrêter de travailler durant huit années à la demande expresse de Carl : nous n'arrivions pas à avoir d'enfant, et mon travail a été le premier coupable montré du doigt.

Il n'a rien trouvé de mieux que de m'enfermer dans notre luxueux appartement parisien, certes immense, mais seule, sans activité et sans vie sociale. M'isoler n'a pas réglé le problème. Au contraire, cela a aggravé les choses en me plongeant dans une profonde déprime. L'enfant tant espéré n'a pas pointé le bout de son nez, dans ce contexte de solitude ultime qu'était la mienne...

Jusqu'à ce jour, où Carl était en déplacement à Lyon...

* * *

Paris VIIIe, six ans plus tôt…

Le ciel grisâtre égraine une pluie fine depuis ce matin…

De la prison dorée qui est la mienne, je regarde les passants dans la rue se presser pour atteindre leur destination. Personne n'a envie de flâner par un temps pareil.

Pourtant, un couple s'arrête sur le trottoir d'en face. L'homme remet la capuche de sa compagne d'aplomb dans un geste empreint de douceur. Elle le regarde avec tant d'amour… Je ne vois pas le visage de l'homme, mais il penche la tête vers elle pour lui déposer un baiser sur les lèvres…

Ils s'embrassent sous cette pluie comme si elle ne pouvait pas les atteindre, comme si rien d'autre n'avait d'importance, que lui pour elle, et elle pour lui.

Ils reprennent alors tranquillement leur chemin, l'homme ayant glissé son bras protecteur autour du cou de son aimée, et je les regarde disparaître au coin de la rue…

Je ne me suis jamais plainte de mon sort, même si les agissements de mon mari m'ont fait vivre un enfer, et qu'il se comporte plus comme un bourreau que comme un amant. Mais voir des amoureux ainsi déclenche en moi une peine qui me broie le cœur. Dans un souffle, la tête posée sur la vitre, je ne peux m'empêcher de dire tout haut :

« J'aimerais tant partir d'ici... Fuir cette vie de malheur... Si seulement je savais comment faire... »

« Moi, je sais... »

Le murmure me fait sursauter, et je me retourne instinctivement. La femme de ménage se tient sur le pas de la porte. Je suis surprise car elle n'a pas le droit de me parler, c'est même écrit dans son contrat. Elle ne prend ses ordres que de Carl.

Même l'amitié d'une femme m'est interdite : elle pourrait me donner des idées de rébellion face à mon mari.

Je la regarde avec un air décontenancé et je suis presque anxieuse pour elle. Elle continue en murmurant tout à fait consciente qu'on pourrait nous espionner :

« Je devais aller à la danse ce soir. J'ai déposé dans l'entrée mon sac de sport avec des vêtements de rechange propres. Prenez-les pour vous changer, ainsi que mon sweet à capuche bleu marine pendu sur le porte-manteau. Dans une des poches, j'ai laissé un billet de dix euros. Une fois habillée, mettez la capuche sur la tête. Dans cinq minutes, on se rejoint dans la cuisine, vous prendrez la poubelle, et je vous donnerai l'adresse d'un refuge pour femmes en difficulté. Puis vous descendrez au local

technique du rez-de-chaussée d'où vous pourrez sortir dans la rue sans problème. »

Je ne bouge pas, figée par la stupeur et la peur. Mes pensées se heurtent telles des autos tamponneuses :

« Est-ce que fuir est possible ? Est-ce que vivre sans Carl est possible ? Est-ce que j'en suis seulement capable ? J'ai bientôt cinquante ans, comment vais-je pouvoir subvenir à mes besoins ? »

- *Allez ! Bougez-vous ! Franck est sorti chercher des cigarettes vous avez cinq minutes, pas une de plus...*

Elle murmure toujours mais je sens aussi qu'elle me bouscule.

- *Et vous ? Que va-t-il vous arriver ?*
- *Je vais dire que vous m'avez volé mes affaires. Il va me renvoyer, mais je m'en fou... Travailler pour ce sale type m'écœure... Quand je vois comment il vous traite... Dans mon secteur d'activité, ce n'est pas le boulot qui manque...*

Elle remarque mon hésitation...

- *Allez courage... Ce ne pourra être que mieux pour vous dehors...*

Après un dernier sourire à mon égard, elle quitte la pièce et me laisse seule face au choix qui s'offre à moi.

Je regarde dans la rue indécise et un rayon de soleil apparaît... Un signe ?

Je décide de tenter ma chance...

Sans réfléchir davantage, je cours dans l'entrée, me déshabille à la hâte et fais disparaître ma chemise de nuit dans le placard. J'enfile ensuite les vêtements de la femme de ménage qui ne ressemblent en rien à ce que je porte d'habitude : un legging rouge et un tee-shirt bariolé XXL... J'attrape enfin le sweet que je revêts en vitesse et cache mes cheveux dans la capuche.

J'arrive dans la cuisine où la femme m'attend avec une poubelle ficelée dans une main et un bout de papier dans l'autre. Elle me tend le tout que j'empoigne avec appréhension.

- *Pour le refuge... Ils sont sympas, vous verrez... Ils m'ont bien aidée quand mon Ex buvait un peu trop...*

Je comprends qu'elle a dû, elle aussi, vivre un mariage malheureux...

J'ai peur de la quitter. Cela fait si longtemps que je n'avais pas ressenti une telle bienveillance que les larmes me montent aux yeux.

- *Allez filez... filez...*
- *Merci...*
- *Ne me remerciez pas... Ne pas vous aider aurait fait de moi une complice...*

Je me retourne prête à m'enfuir quand une dernière question me stoppe, alors je la regarde et lui demande :

- *Quel est votre prénom ?*
- *Manuela... Au revoir Céline, prenez soin de vous...*
- *Merci Manuela... Vous aussi...*

Je passe les minutes suivantes en apnée, exécutant tel un robot le plan imaginé par Manuela. Je ne reprends ma respiration qu'une fois arrivée sur le trottoir.

Je me mêle aux passants, indifférents à ma personne, et marche sans savoir où je vais, la tête penchée en avant, les yeux rivés sur le sol. J'arrive tout de même à une station de métro et sors le billet de dix euros de ma poche. Au guichet, la préposée m'aide à trouver mon chemin.

En suivant les instructions, je me retrouve à la porte du refuge. Je m'arrête une minute. Et c'est la main tremblante que je pousse cette porte pour démarrer ma nouvelle vie...

* * *

Je repense souvent à Manuela que je n'ai jamais revue et qui a disparu sans laisser de trace après son licenciement. Peut-être a-t-elle eu peur de représailles...

Le foyer, quant à lui, m'a apporté l'aide et la force de mettre un terme à cette relation dévastatrice, et de réaliser les démarches nécessaires pour le divorce.

Une fois ma liberté retrouvée, j'ai fait une formation pour développer des sites Web. Reprendre une vie professionnelle et sociale a été une véritable bouffée d'air pour moi, d'autant plus que mon job me passionne. Tout au long de ces cinq dernières années, j'ai pu acquérir l'expérience qui m'a permis de trouver il y a six mois, ce poste très intéressant dans ce grand cabinet de communication parisien. En effet, je gère des projets de création de sites web pour de grandes entreprises sur toute l'Ile-de-France, mais aussi sur la province proche. D'ailleurs, il m'arrive souvent de partir en déplacements pour la journée.

En ce moment, je travaille sur le projet d'un gros client basé à Arras : une entreprise du secteur de l'agro-alimentaire qui souhaite modifier son image.

Alors cet après-midi, je profite de mon bureau dans cette agence qui grouille de monde. Et même si la vue sur une cour sans âme n'est pas idéale, je souris à ma chance de pouvoir être là, entourée de mon équipe, et d'avoir un travail que j'aime...

William

Je commence à m'inquiéter...

Un micro, c'est intrusif, et nous en avons trouvé trois. Je n'ai pas le sentiment que la personne qui est derrière tout cela veuille en rester là...

Carl Webber est bien entendu notre suspect numéro un, mais il peut tout aussi bien être innocent. Aussi, il faut que j'en aie le cœur net, et la seule solution est d'aller l'interroger moi-même, juste en tant qu'ex-mari de la vistime, sans arrière-pensée. Il faut que je puisse me faire ma propre opinion sur le personnage, et je suis vraiment impatient de savoir à qui j'ai affaire. Sans tergiverser davantage, j'attrape ma veste, mes clés de voiture et quitte le Commissariat du XVIIIe à la hâte...

* * *

Le cabinet de Carl Webber se trouve dans un immeuble parisien du IXe arrondissement. Les colonnes de la façade lui donnent un style antique qui aurait pu s'avérer kitch, mais la qualité des matériaux utilisés classe immanquablement le bâtiment une catégorie haut de gamme.

Je me dirige vers l'accueil et m'aperçois que la totalité de l'immeuble est dédié au cabinet. On ne joue vraiment pas dans la même cour avec Carl Webber : la sienne est pavée de marbre et décorée d'orchidées blanches, la mienne est tapissée de bitume.

Les hôtesses d'accueil sont en uniformes : des petites robes noires charmantes avec des foulards de couleur noués autour de leur cou. Elles sont toutes brunes avec des yeux clairs et arborent un chignon en hauteur sur le crâne.

Le hasard n'est apparemment pas admis dans cet établissement : on note tout de suite que chaque objet comme chaque être humain est formaté d'une manière très réfléchie.

Et l'évidence me claque au visage : je comprends maintenant pourquoi Céline arbore un chignon noir toujours impeccable.

Je me présente au comptoir de l'accueil en demandant une entrevue avec le big boss, sans avoir pris de rendez-vous au préalable. Ma requête perturbe la pauvre hôtesse, obligée de négocier avec l'assistante du patron. J'ai de la chance, Webber est présent dans les locaux, et mon statut de commissaire est un vrai sésame pour ouvrir les portes les plus véroullées.

Et là, en l'occurrence, je suis attendu au septième, dans le penthouse du chef.

Je prends un de ses vieux ascenseurs parisiens où l'on ne peut pas monter à plus de trois personnes. Je regarde défiler les étages et le ruban rouge formé par les escaliers vêtus d'un velours carmin. La secousse brutale dans un bruit de ferraille me signale mon arrivée et je m'extrais de ma capsule pour atteindre le palier.

Devant moi, une grande porte à double battant est ouverte sur le bureau de l'assistante de Carl Webber, au moins deux fois plus grand que le mien.

Elle aussi est brune, avec un chignon sur la tête, mais elle porte un tailleur noir et blanc très chic. En fait, je m'aperçois que dans cette pièce tout est noir et blanc. Seuls les yeux turquoise de mon interlocutrice apportent une note de couleur à l'ensemble.

- Commissaire Forges, je présume ?
- Effectivement.

Je lui réponds avec un sourire poli en sortant ma carte professionnelle de la poche de mon costume. Elle la vérifie consciencieusement avant de reprendre :

- Maître Webber va vous recevoir dans quelques minutes. Si vous voulez bien prendre place dans le petit salon pour patienter quelques instants.

Mon attente n'est finalement que de courte durée et l'imposante porte en bois du fond de la salle s'ouvre brusquement.

Je ne suis déjà pas petit, mais l'homme qui se tient devant moi me dépasse d'une bonne dizaine de centimètre. Sa ligne est impeccable, élégante, presque trop fine. Ses cheveux sont très clairs, pratiquement blancs, courts, lui dégageant le front. Ses iris bleu clair me scannent d'une manière intense, et le froid s'installe aussitôt dans la pièce.

Quelle présence... On ne peut pas nier qu'il est tout à fait impressionnant et que son autorité naturelle est palpable en deux millisecondes.

- Commissaire Forges ? Entrez voulez-vous ?

Il a posé cette question d'une telle façon que, sous des airs aimables, on pouvait y sentir l'ordre donné.

- Barbara, aucun appel pendant mon entretien avec le Commissaire, s'il vous plait.
- Bien, Maître...

Je lui tends la main en passant devant lui :

- Maître Webber, ravi de faire votre connaissance.
- Commissaire Forges...

Sa poignée de main puissante m'indique qu'il n'est nullement intimidé par mon statut de policier, ou alors il le cache vraiment bien. Puis d'un geste, il m'invite à rentrer.

Son bureau est immense avec des fenêtres qui donnent sur les toits de Paris. La vue est vraiment sublime et me coupe le souffle, mais j'essaye de ne rien en faire paraître. Le mobilier est moderne, blanc et minimaliste : le comble du luxe. Rien ne traîne mis à part une pile de quelques dossiers ; certainement ceux du jour.

Il ferme la porte de son bureau, et en deux enjambées, il se retrouve assis dans son impressionnant fauteuil en cuir noir, me faisant signe de prendre place dans un de ceux destinés aux invités et placés devant lui.

Puis il croise les mains sur son bureau et ancre ses yeux aux miens.

- Alors, Commissaire... Puis-je connaitre le motif de notre entrevue ?
- Je viens faire appel à votre aide... Votre ex-compagne, Céline Bach, fait l'objet d'un harcèlement. Hier, la porte de son appartement a été taguée avec une insulte : « Salope », pour être précis. Nous prenons très au sérieux cette menace, et de ce fait, nous interrogeons tous ses proches pour essayer de trouver une piste sur celui ou celle qui pourrait être à l'origine de ce graffiti.

Il reçoit la nouvelle sans sourciller puis prend la parole :

- Pour être tout à fait exact, Commissaire, il ne s'agit pas de mon ex-compagne mais de mon ex-épouse, et à ce titre je ne fais plus partie de ses proches depuis maintenant cinq années.
- Vous avez parfaitement raison, mais peut-être connaitriez-vous quelqu'un qui pourrait en vouloir à votre ex-épouse au point de la menacer ?
- Je suis très étonné qu'un commissaire se déplace pour une simple affaire de harcèlement... Généralement, c'est le genre de tâche que l'on réserve à un sous fifre, non ?
- D'abord, vous n'êtes pas un citoyen ordinaire Maître Webber... commencé-je par lui dire, histoire de flatter son égo. Ensuite, Céline Bach faisant partie de ma sphère personnelle, je suis cette affaire de très près et donne volontiers un coup de main à l'équipe en charge du dossier. Il m'a paru tout à fait naturel que je me propose pour venir vous voir.

Un éclair passe dans son regard, et je sens que j'ai piqué sa curiosité à vif, pourtant il reste calme et ses yeux reprennent rapidement leur neutralité. Mais il ne peut s'empêcher de me questionner :

- Et vous connaissez Céline depuis longtemps ?

- Depuis quelques mois... à son arrivée à Paris.
- Ah ? Parce qu'elle avait quitté Paris ? Je vous demande cela, mais en fait cela ne me regarde pas...
- Vous n'avez pas eu de contact avec votre ex-épouse depuis votre divorce ?
- Non, la dernière fois que l'on s'est croisés devait être au tribunal. Mais si vous la connaissez, elle a dû certainement vous le dire, non ?
- Effectivement, mais je préférais avoir votre confirmation. Bon, je ne vais pas vous embêter plus longtemps, mais pourriez-vous simplement me dire si dans vos relations passées, vous ne verriez pas quelqu'un qui pourrait en vouloir à Céline ?

Il se détourne et prend quelques secondes de réflexion en regardant par la fenêtre.

- Maintenant que nous sommes divorcés, je vois mal quel intérêt on pourrait avoir à la menacer... Quand on était mariés, il aurait pu y avoir des femmes jalouses ou des personnes malveillantes cherchant à m'atteindre... Mais là... Elle n'a pas et n'a jamais eu de biens personnels à gérer, ni même de grandes responsabilités professionnelles. Donc je ne vois vraiment pas pour qui elle pourrait avoir un intérêt aujourd'hui...

- Elle a de l'intérêt pour moi… ne puis-je m'empêcher de répondre du tac au tac, choqué par son affirmation. Maître Webber, merci de m'avoir consacré de votre temps, conclus-je en me levant pour prendre congés.

Il m'imite et m'accompagne jusqu'à la porte de son bureau qu'il ouvre.

- Et bien, je suis ravi que Céline puisse compter sur votre soutien. Passez-lui mon bonjour quand vous la verrez.
- Je lui transmettrai ce soir sans faute. Tenez, voici ma carte au cas où un détail vous reviendrait en mémoire…

Sa poignée de main me broie les doigts, et il me regarde droit dans les yeux.

- Bon retour, Commissaire.
- Au revoir Maître, et merci de m'avoir accordé cet entretien.
- Je vous en prie, répond-il froidement plus par habitude que par courtoisie.

Je salue son assistante en traversant le bureau en sens inverse pour me rendre jusqu'à l'ascenseur. Le rendez-vous suivant de l'avocat est déjà là et s'est levé dès notre apparition. J'entends Carl Webber le rejoindre et le saluer.

En sortant du cabinet, je ne peux m'empêcher d'analyser cette rencontre.

Le personnage me fait froid dans le dos : hautain, dédaigneux avec son ex-femme, comme si elle n'avait pas eu d'autre intérêt que d'être son épouse, sa chose...

Il a tout à fait le profil de l'homme dominateur et maniaque qui veut tout contrôler dans son univers. Bien entendu, c'est un homme extrêmement intelligent qu'il ne faut surtout pas sous-estimer.

En ayant franchi la porte de son cabinet aujourd'hui, j'ai l'impression de m'être engagé dans une partie d'échecs avec lui.

Et d'office, je sais qu'elle n'est pas gagnée d'avance...

Carl

Comment a-t-on pu se fourvoyer autant ?

Comment Céline a-t-elle pu rencontrer William Forges ?

Comment puis-je ne pas être au courant de sa liaison ?

C'est insensé !

Je suis furieux... Non, j'enrage et j'ai du mal à me calmer...

J'ai tout fait pour qu'elle ne puisse pas refaire sa vie, et voilà que ce type sort de nulle part, et vient presque me faire la morale...

« *Elle a de l'intérêt pour moi* » ...

Mais comment peut-il venir, chez moi, me parler ainsi de MA femme !

Effectivement, on peut signer tous les papiers du monde : elle a dit « OUI » devant Dieu à l'église, elle a juré d'être à moi pour l'éternité, et il est hors de question que j'accepte son apostasie.

Elle restera MA femme, coûte que coûte.

J'attrape mon téléphone, lance l'appel et interpelle mon interlocuteur avant même qu'il n'ait pu répondre :

- Franck ! Venez ici immédiatement.
- Bien Maître Webber… J'arrive tout de suite

Franck, je l'ai sorti du ruisseau, lui ai évité de justesse la prison à vie. Il n'a aucun état d'âme et m'est redevable jusqu'à la mort.

C'est la personne en qui j'ai le plus confiance, l'homme le plus loyal, celui pour lequel je n'ai pas de secret, ou si peu… Il connaît mes angoisses, mes démons, et c'est lui qui gère le dossier « Céline Bach ».

Il frappe à la porte avec cette manière que je reconnais entre mille.

- Entrez !
- Bonjour Maître, que puis-je faire pour vous ?
- Franck, c'est quoi cette histoire de tag sur la porte de Céline ? Et avec une insulte, en plus !

Il baisse la tête, et je comprends immédiatement qu'il en est l'auteur. C'était sûr, mais je tenais à en avoir la confirmation.

- Maître… Je suis désolé… Mais cette fois, elle m'a donné tellement de fils à retordre pour la retrouver… Et je vois bien tout le mal qu'elle vous fait…

Je le regarde froidement sans sourciller. Parfois, il se comporte comme un enfant, et je me dis qu'il faut que je le canalise mieux car sa dévotion pour moi pourrait le faire déraper d'une manière dangereuse. Je sais que la surveillance que j'exerce sur mon ex-femme est *borderline*, alors je dois redoubler de vigilance.

- Est-ce que vous avez pris toutes les précautions au moins ?
- Bien sûr, Maître : gants en latex, masque sur le visage, bombe de peinture du commerce « rouge sang de pigeon » qu'il est possible de trouver partout... J'en ai toujours une d'avance dans ma voiture...
- J'ai appris cet après-midi que Céline avait une liaison.
- Une liaison ? Impossible !
- Et pourtant, si... Elle entretient une relation avec le Commissaire Forges. Si j'en crois cette carte de visite, il est attaché au Commissariat du XVIIIe... Comment pouvez-vous expliquer cela ?

Sa mine déconfite me prouve bien qu'il tombe des nues...

- Comment avez-vous appris cette information ? me demande-t-il inquiet.
- De la bouche même de Forges...
- Aurait-il pu vous mentir ?
- Ce que j'ai lu dans son regard pourrait tout à fait s'apparenter à de l'attachement. Maintenant, je veux tout savoir de cette liaison, et surtout que vous me confirmiez

qu'il y en a bien une : où se sont-ils rencontrés, quand, comment ? Bon sang, trouvez-moi toutes les réponses à ces questions. Je ne comprends pas comment cela a pu vous échapper...
- Mes enquêtes sur son environnement professionnel n'ont rien donné. Cela ne fait que huit mois qu'elle est de retour à Paris, au bout de quatre années d'absence, et elle n'a pas repris contact avec les connaissances que vous aviez ensemble, à l'époque de votre mariage.
- Pourtant elle l'a bien rencontré quelque part. Y a-t-il des mouchards actifs dans son appartement ?
- Un seul Maître... Le seul que nous n'avions pas encore activé. J'allais vous en parler : les flics ont fait une fouille et ont trouvé tous les autres... J'ai déconnecté ceux qu'ils ont emportés pour qu'ils ne puissent pas faire le lien avec nous.
- Si on avait su qu'elle irait s'enticher d'un commissaire... Elle va me le payer... Vois ce que cela donne avec le dernier mouchard, et tiens-moi au courant, à n'importe quelle heure... On va jouer un peu...

Franck me fait un signe de tête avant de sortir de mon bureau.

Je vérifie mon emploi du temps, et malgré la colère qui s'est emparée de moi, décide de passer outre et d'aller comme prévu à ce gala de charité organisé par un confrère, et pour lequel j'avais confirmé ma présence.

La vie continue normalement, et je ne dois surtout pas me laisser déconcentrer...

Céline

Ce matin, je me réveille sereine et je n'avais pas ressenti ce bien-être depuis des années. L'inspection de mon appartement faite par la police scientifique me rassure, et je profite de ce moment de répit dans ma vie.

J'ouvre les volets et me recouche pour profiter des rayons du soleil au chaud sous ma couette.

Mes pensées s'envolent étonnamment vers William…

C'est vrai que mon opinion sur lui a totalement évolué. Il n'est pas si hautain que je le pensais et il peut même se montrer très compréhensif. En tous cas, il faut bien admettre qu'avec moi il a été parfait. Il a pris mon problème très au sérieux et m'a accueillie chez lui. Jamais personne ne s'était occupé de moi aussi gentiment, en dehors de mes parents et grands-parents, bien entendu.

Et puis avec sa grande carrure et son statut de policier, il dégage un sentiment de force et de courage qui m'attire irrémédiablement, moi qui ai tant besoin de me sentir en sécurité…

Je suis lucide : je craque totalement pour lui. Avec ses cheveux bruns légèrement grisonnant sur les tempes et son regard sombre, il me rappelle un peu *Sean Connery* au même âge.

Autant Carl soufflait le froid, autant William insuffle le chaud…

Je redescends tout de même de mon petit nuage, réalisant qu'en revanche, moi, je ne cadre pas du tout avec ses critères, à lui, en matière de femme : je n'ai ni l'âge ni la silhouette requise pour lui plaire…

C'est sur cette note un peu déprimée, que finalement, je me lève ce matin.

Je prépare mes vêtements que je plie sur mon lit : une robe portefeuille vert émeraude, des bas et de la lingerie gris anthracite. Puis je place parterre mes escarpins noirs vernis.

J'attrape ensuite mon téléphone. J'ai envie d'un peu de musique pour me donner du punch et faire que cette journée ne démarre pas si mal. Je choisis donc ma playlist « Bonne humeur » où le Rock s'intercale avec le Disco.

Et « *September* » d'*Earth, Wind & Fire* me redonne le sourire en remplissant l'espace de la salle de bain de son rythme entrainant…

Je retire ma nuisette et rentre sous la douche un peu réconfortée :

« *Allez ! Courage ! Tout va s'arranger… »*

Le shampoing aux fleurs de jasmin sent bon, et je me régale avec la mousse de ma crème de douche aux mêmes fragrances. C'est vrai que s'occuper de soi est un bon moyen pour se remonter le moral.

Avec regret, je coupe l'eau chaude qui m'a si bien détendue, et sors un bras de la cabine pour attraper la serviette pendue sur le mur d'en face. Je m'enroule dans le tissu éponge moelleux et me réfugie sur le tapis de bain pour finir de me sécher.

C'est là que j'entends le petit « Bip » caractéristique d'un message qui vient de me parvenir. C'est étonnant à cette heure-ci, et j'ai peur que cela ne vienne de mon travail. Je décide de regarder tout de suite de quoi il s'agit, sans même prendre le temps de me sécher les cheveux. Le numéro qui m'a laissé ce message est inconnu de mes contacts. Et lorsque mon index effleure l'écran, je visionne une vidéo de moi en train de prendre ma douche ce matin…

Je suis estomaquée…

On entend même « *September* » en bruit de fond…

Dans un réflex, j'enregistre une photo de l'image affichée sur mon écran. Puis la vidéo se termine et disparaît de mon téléphone comme elle est apparue… J'ai beau la rechercher : elle s'est volatilisée, n'ayant laissé aucune trace de son passage dans mon smartphone.

Telle une main invisible, l'angoisse m'attrape à la gorge et me serre si fort que j'ai l'impression que je vais m'évanouir.

Puis la panique s'empare de moi, et mon cerveau perd le contrôle. Seul mon instinct de survie me guide : je pars en courant, sors de mon appartement sans réfléchir et tambourine à la porte de William à 6h30 du matin.

Heureusement que lui aussi est un lève-tôt : il m'ouvre rapidement et n'a pas le temps de me dire un mot que je lui tends mon téléphone où il peut me voir en serviette en train de sortir de ma cabine de douche.

Il me regarde avec un air grave, les sourcils froncés. J'essaye d'ouvrir la bouche pour parler mais aucun son n'en sort tant ma gorge est nouée...

Seules les larmes qui dégringolent sur mes joues, peuvent lui témoigner de mon extrême détresse intérieure.

Il comprend, m'attrape le bras pour me faire entrer chez lui.

- Je vous l'emprunte, me dit-il en attrapant le téléphone de mes mains. Vous connaissez l'appartement maintenant... Faites comme chez vous, je reviens...

J'acquiesce d'un mouvement de tête car je ne peux toujours pas dire un mot. Une fois seule, je regarde autour de moi. J'ai toujours ma serviette enroulée autour de mon corps mais mes cheveux gouttent un peu, alors j'essaye d'arranger les choses puis m'assois sur le tabouret de piano en cuir : c'est, me semble-t-il, ce qu'il y a de mieux dans le salon pour résister à l'humidité.

Ma respiration se calme petit à petit, mais le froid m'envahit de plus en plus...

Je me retrouve au point de départ : je suis espionnée dans ma propre salle de bain, dans mon intimité la plus fragile.

Je suis fatiguée...

Faut-il que je change une nouvelle fois d'appartement ? J'en ai marre de fuir tout le temps et je suis découragée : même l'inspection de la police n'a pas réussi à sécuriser l'appartement. Et on est dans l'escalade...

Je suis sûre que Carl est derrière tout cela : jamais il ne me laissera tranquille. Il m'avait pourtant bien dit que je n'étais et ne serai jamais rien sans lui...

Pourquoi m'entêté-je à croire que je pourrai un jour vivre comme une femme libre, normale ?

C'est alors que William rentre dans la pièce. Je n'ai aucune idée de combien de temps il est parti.

Il est torse nu avec son pantalon de pyjama. Il est vraiment à tomber comme ça, avec ses épaules larges et les muscles de son torse bien dessinés...

Je lève la tête vers lui, totalement perdue : ses yeux me fixent, et je peux lire dans son regard sa combativité et sa force. Alors sans hésiter davantage, je décide de lui abandonner toute ma confiance...

William

Putain ! On s'est plantés en beauté hier !

Il y a certainement une caméra miniaturisée planquée dans le spot du plafond de sa salle de bain, et on ne l'a pas repérée...

Je n'ai pas voulu rentrer dans la pièce pour vérifier, mais étant donné l'angle de la photo, je ne vois que ça.

Il faut maintenant qu'on refasse un contrôle de l'appartement, et qu'un expert inspecte son téléphone. Mais très franchement, il y a peu de chance qu'il trouve quelque chose d'utilisable. Celui qui est derrière tout cela n'est pas un amateur et le matériel doit être de très bonne qualité.

En faisant un bref tour de l'appartement, je vois dans la chambre de Céline, les vêtements posés sur son lit qu'elle avait sans doute préparés avec soin ce matin, ainsi que ses chaussures. Je prends le tout et quitte son domicile en le fermant à double tour.

Heureusement qu'elle avait laissé le chat en pension à Madame Gredin, tout à fait ravie soit dit en passant...

Je retourne chez moi et la trouve assise sur mon tabouret de piano. Elle tient fermement sa serviette enroulée autour de sa poitrine, laissant paraître la peau de ses bras et de ses jambes jusqu'à ses genoux. Dans d'autres circonstances, j'aurais trouvé l'image sexy. Dans le cas présent, elle me fend le cœur. Je ne sais pas si c'est la peur ou le froid qui la fait trembler ainsi : certainement un peu des deux. Sa fatigue est palpable, et je vois qu'elle n'en peut plus nerveusement.

Alors j'essaye de la rassurer pour qu'elle reprenne pied : je ne pourrai pas l'interroger dans l'état de choc où elle est actuellement.

- Céline, venez avec moi… Vous allez d'abord reprendre une douche bien chaude : vous êtes en train d'attraper froid là… Je vous ai ramené vos vêtements, vous voyez ? Ensuite, on prendra un bon café, et vous m'expliquerez tout. Cela vous convient ?

Elle ne dit toujours pas un mot mais hoche la tête pour me faire signe que c'est d'accord.

Je l'accompagne dans la salle de bain, et comme hier, lui dépose des serviettes propres près du lavabo de droite. Comme elle ne bouge pas, je lui fais même couler l'eau dans la douche pour que celle-ci se réchauffe.

Je vais pour sortir de la salle de bain, quand je remarque en passant devant elle, une larme glisser de son œil gauche. Je sais que je ne devrais pas, mais je ne peux pas m'en empêcher : je tends alors ma main vers sa joue et efface avec mon pouce la trace de sa tristesse…

Son regard d'or plonge dans le mien, et elle fait un petit geste qui a raison de moi : elle ferme les yeux et penche la tête déposant ainsi son visage au creux de ma paume. À ce moment-là, je ressens son abandon comme sa détresse. Puis ses lèvres s'entrouvrent pour laisser échapper un soupir…

Il n'en faut pas plus pour que cela déclenche un brasier au creux de mon ventre. Sans réfléchir, je l'attire à moi et capture sa bouche avec mes lèvres. Elle répond à mon baiser avec fougue et se laisse aller au creux de mes bras. Ses mains lâchent alors la serviette pour s'emparer de ma nuque et se glisser dans mes cheveux. Il ne fallut que quelques secondes au tissu éponge pour s'écrouler d'un coup, et que je ressente alors son corps nu se coller au mien.

Le brasier qui me consume déjà s'intensifie encore, et mes mains partent en caresses exploratrices sur son corps.

Sa peau est tellement douce… mais sous mes doigts, je perçois aussi que Céline tremble toujours…

Ma raison abdique définitivement : d'un geste, je dégage mon bas de pyjama, et sans arrêter mon baiser, la guide en douceur sous l'eau chaude de la douche. Elle rompt notre étreinte par un cri de surprise, et son rire se met à tourbillonner dans la cabine.

Je vois alors la plus belle chose qu'il m'ait été donné de contempler dans mon univers : son sourire lumineux éclairé par les deux soleils de son visage. Mon cœur s'arrête de battre, et je sais que je vis un des moments les plus forts de mon existence...

Soudain, la lueur de ses yeux s'intensifie. J'ai l'impression qu'elle devient animal... une lionne...

Trop figé par l'émotion, je la laisse prendre l'initiative de la suite : elle me plaque contre le mur de la douche sans ménagement, sa bouche dévorant mon corps et transformant le brasier qu'elle avait allumé en incendie immaîtrisable...

Céline

Je ne me reconnais pas...

William a eu raison de ma timidité, de ma pudibonderie et de toutes les barrières que je m'étais dressée à vivre une nouvelle histoire.

Je me laisse aller ainsi sans filtre et sans retenue. Tant pis pour la bienséance : il a un corps magnifique, et ce matin, ma bouche et mes mains l'explorent avec délice.

J'entends ses gémissements qui ne font qu'attiser mon désir de lui. Au bout de quelques minutes de mes caresses qui apparemment le mettent au supplice, il se baisse vers moi et me dit légèrement essoufflé :

- Line... viens ma puce... Je ne vais pas tenir longtemps... si tu continues comme ça...

Je me détache de lui en douceur, mes yeux scotchés aux siens. Il me sourit tendrement :

- À mon tour de jouer avec toi... déesse du sexe...

Je pouffe mais m'étouffe vite dans mon rire, ses mains ayant entrepris sans prévenir de me torturer délicieusement...

C'est à mon tour de me retrouver à la merci de ses attentions. Mais j'ai aussi besoin de le sentir plus proche. Je prends alors sa tête entre mes mains pour le reconnecter à mes lèvres. Son baiser au départ un peu brut s'adoucit pour descendre lentement le long de ma mâchoire et finir son sillage dans mon cou. Son petit manège m'embrase et me met dans un état second. Le plaisir me surprend, et je me rattrape à lui en étouffant mon cri contre son torse.

J'ai besoin de prendre quelques secondes : je m'accroche et respire l'odeur de sa peau, le temps de retrouver mes esprits. Je sens qu'il me comprend : il m'effleure le dos doucement, du bout des doigts, laissant mon cœur se remettre de ses émotions.

Puis il se détache pour attraper un préservatif dans un des tiroirs de la salle de bain.

Il revient vers moi et m'emprisonne dans ses bras, mon dos collé contre lui. Je ressens sa chaleur et le laisse me cajoler avant de nous lier enfin l'un à l'autre. Son étreinte n'est que douceur, et je m'en remets à toutes les sensations qu'il me fait ressentir. Je perçois sa puissance au plus profond de moi, mais aussi sa tendresse et sa protection.

Je m'accorde ainsi à son rythme où la douceur cède bientôt place à la passion…

Nous redescendons dans la réalité avec des rythmes cardiaques désorganisés, nos forces nous ayant abandonnées. Sur nos visages, nous affichons tous les deux un sourire idiot. Lorsqu'il s'écarte de moi, je ressens immédiatement le froid et le manque. On dirait qu'il le sent et m'attire à lui à nouveau. Comme nous n'avons toujours pas repris notre souffle, il dépose sur mon front et mon cou quelques baisers légers. Puis il me demande doucement :

- Tu trembles encore ?
- C'est l'eau… Elle n'est plus très chaude…
- Tu as raison… Je crois bien qu'on a vidé le ballon…

On se regarde complices, en éclatant de rire.

- Bon… un dernier savonnage avant de sortir ?

Et quelques minutes plus tard, nous sommes sur le tapis de bain à nous frictionner dans d'immenses serviettes.

Pas le choix, je suis obligée de laisser mes cheveux au naturel : ils frisent… Ce n'est pas terrible mais je n'ai pas mes produits pour les discipliner, et je les regarde dans le miroir, presque désespérée…

- Ils sont magnifiques comme ça, me dit-il remarquant mon désarroi.

Je le regarde surprise à travers le reflet du miroir : moi qui passe un temps fou à les lisser depuis plus de vingt ans…

Il me prend la main et m'entraîne dans sa chambre, puis vers son lit m'invitant à me glisser sous la couette.

- Il est encore tôt et je n'aurai personne au téléphone avant une bonne heure. Alors que penses-tu de nous reposer au chaud en attendant ?
- Tu m'avais proposé un café, il me semble...
- Après... J'ai envie de sentir encore un peu ton corps splendide contre le mien...

Il me regarde intensément...

Il est tellement beau à cet instant que je ne réfléchis pas. Avec un grand sourire, je file le rejoindre. Je me retrouve aux creux de ses bras, dans sa chaleur. Je me sens tellement bien, là, sans complexe, que je me détends. Il ne cherche pas plus pour l'instant, et c'est juste parfait !

Je ferme les yeux en posant ma tête sur son torse. Les battements de son cœur me bercent, et je m'endors ainsi sans m'en rendre compte...

William

Je n'ose pas bouger. Elle est là, endormie dans mes bras.

Je ne comprends pas comment les choses ont pu déraper de cette manière. Mais il faut bien reconnaître que ni elle, ni moi n'avons voulu reprendre le contrôle, et j'ai adoré ça…

Ses boucles noires tombent en cascades sur ses épaules et viennent lécher sa poitrine généreuse. Elle semble calme et apaisée. L'image est magnifique et je n'ai pas envie de fermer les yeux de peur qu'elle ne disparaisse.

Bon d'accord, ce n'est pas la première fois que j'ai une relation avec une victime. Mais généralement, il s'agit tout au plus de vol de sacs à main à la sortie d'une boîte. Les filles peu farouches, sont ravies qu'un commissaire s'occupe de leur cas, et nos duos ne vont jamais plus loin que le petit matin.

Là, je suis un peu inquiet de ce qu'il va se passer… après.

D'habitude, je mets la fille hors de ma vie en trois heures maximum. Céline étant ma voisine, impossible de ne plus la recroiser…

Et le pire, c'est qu'une partie de moi n'a pas du tout envie de la voir s'éloigner.

Mais il faut être lucide : je ne suis pas fait pour la vie à deux et ne le serai jamais...

Elle bouge un peu puis se retourne. Instinctivement, je me colle à son dos et l'emprisonne dans mes bras. Je respire le parfum de fleurs de ses cheveux.

Je ne sais vraiment pas comment je vais me sortir de ce bourbier. En attendant, je chasse de mon esprit ces pensées toxiques et décide de profiter de ce qu'il m'est donné. Je me mets au diapason de sa respiration et sombre dans le sommeil à mon tour...

* * *

Céline est en train de se préparer dans la salle de bain.

Moi, je suis déjà prêt. Debout dans la cuisine, je surveille la cafetière qui prépare son fameux nectar avec son bruit saccadé de vapeur si caractéristique. J'en profite pour appeler Simon qui doit être opérationnel maintenant.

- Allo ! Simon ?
- Alors Will, comment ça va ce matin ?

La question est simple, anodine et pourtant je ne sais pas quoi répondre. Tout me paraît si compliqué aujourd'hui...

- Eh bien, je ne sais pas par quoi commencer... Peut-être par le fait qu'il restait une caméra qui est passée au travers des contrôles hier chez Céline, et qu'elle a reçu ce matin sur son portable une vidéo d'elle sous la douche...

Le silence de mon interlocuteur qui pourtant avait l'air de très bonne humeur me stresse un peu...

- Mince... On a vraiment affaire à un malade. La caméra devait être de sacrée bonne qualité pour ne pas être détectée par les scanners, ou alors inactive...
- C'est aussi ce que j'ai pensé.
- Comment va Céline Bach ? s'inquiète-t-il.
- Elle est arrivée en courant chez moi, juste enroulée dans une serviette de bain, complètement paniquée en sortant de la douche. C'est fou comme la vidéo lui est vite parvenue sur son téléphone, il n'y a eu quasiment pas de délai.
- Cela corrobore l'hypothèse qu'on a affaire à du matériel haut de gamme. J'espère que tu as été sympa avec elle, et que tu t'es comporté en vrai gentleman...

Là encore j'ai besoin de réfléchir deux secondes : est-ce que lui faire l'amour dans la douche était digne d'un gentleman ? Je préfère pour l'instant passer sous silence cet épisode totalement imprévu et absolument divin...

- Simon, enfin... Tu me connais... me défendis-je.
- Ouais... Justement...
- Je lui ai offert mon hospitalité comme hier. Là, elle est en train de s'apprêter tranquillement dans ma salle de bain, pendant que je lui fais un bon café. Et j'ai même réchauffé au four quelques viennoiseries qu'il restait d'hier...
- Waouh ! Tu lui sors le grand jeu. Bravo, je n'en reviens pas...
- Arrête de te foutre de moi...
  Bon, du coup... Qu'est-ce qu'on fait ? dis-je en redevant sérieux.
- Il y a peu de chance que la caméra soit encore opérationnelle. Crois-moi, s'il lui a envoyé des images, c'était juste pour lui signifier que malgré tout ce qu'elle pourrait tenter, il garderait le contrôle sur elle. Son harceleur veut lui prouver qu'il restera toujours présent dans sa vie, et que quelque part, elle lui appartient.
- L'ex-mari correspondrait vraiment au profil. Tout en lui montre qu'il veut contrôler son environnement.
- C'est vrai, mais on n'a pas de preuve, donc on reste ouvert à d'autres pistes éventuelles. Bon, dans les heures qui viennent, je vais t'envoyer quelqu'un pour repasser l'appartement au peigne fin. Il faudrait aussi changer les serrures.

- Je vais voir avec Céline… Mais cela je peux m'en occuper : ce n'est pas trop compliqué…
- Connaissant ton niveau en bricolage, je t'envoie une adresse par SMS : c'est un ami. Tu verras, il fera les choses bien et à un bon prix. Je vais le prévenir que Céline est victime d'un harcèlement…
- Quoi ? Alors là, tu me vexes… Tu penses que je ne serais pas capable de changer une serrure… m'offusqué-je en plaisantant.
- Je pense que tu lui seras beaucoup plus utile à chercher le malade qui la tourmente.
- T'as bien rattrapé le coup… lui répondis-je en m'esclaffant.
- Bon, je m'occupe de trouver quelqu'un pour retirer cette foutue caméra. J'ai hâte d'en connaître le modèle. Allez ! À tout à l'heure, Lion !
- À tout à l'heure, Simon !

À peine ai-je raccroché qu'un bruissement me fait tourner la tête, et je vois Céline s'avancer timidement dans la cuisine.

- Je te dérange ?

Elle porte une robe vert émeraude avec un décolleté croisé qui met en valeur son buste. Sa taille fine est accentuée par une ceinture dans le même tissu que la robe. Ses hanches épanouies attirent mes yeux, et il faut que je me fasse violence pour ne pas déposer mes mains sur elles.

J'ai l'impression qu'elle rougit de mon introspection alors je décide de ne pas aller plus bas, le long de ses jambes...

Je regarde son visage : elle a remonté ses cheveux ondulés en un chignon flou, tout à fait charmant, qui libère son cou, si tentant...

J'oblige mon regard alors à se fixer au sien, mais là encore, je ne suis pas sûr que cela arrange mon niveau de trouble déjà bien entamé.

Comme je ne dis toujours rien, elle prend la parole :

- Je voulais m'assurer que tout allait bien par rapport à ce qu'il s'est passé tout à l'heure... Je n'avais jamais relâché la pression comme ça. Je voulais que tu saches que ce n'est pas dans mes habitudes de réagir comme ça... de perdre le contrôle...
- Eh ! Line... Tout va bien, ne t'inquiète pas... Je suis un grand garçon qui sait se défendre... Quoique, toi, quand tu veux quelque chose, c'est difficile de t'arrêter...

Ses joues redeviennent cramoisies, et elle baisse les yeux :

- Je suis désolée... Cela faisait tellement longtemps...

Pendant que nous parlons, je rempli deux tasses de café puis lui en tends une. Trop curieux, je lui demande doucement avant de prendre une gorgée de caféine :

- Et combien de temps, exactement ?
- Six ans... murmure-t-elle.

Cette réponse me sidère tellement que je m'étouffe avec mon café. Je réussis à avaler le liquide mais je me mets à tousser bruyamment.

Elle éclate de rire, me prend la main et m'entraîne vers la fenêtre qu'elle ouvre :

- Bien fait ! Ce n'est pas gentil de se moquer... Allez ! Respire un coup...
- Je ne... me... moque... pas... hoqueté-je avant de prendre une bonne bouffée d'air frais dans mes poumons.

Le soleil du matin éclaire son visage. Les petites marques du temps autour de ses yeux donnent à son sourire un caractère profond et précieux.

Rien en elle n'est superficiel.

Mes mains retrouvent alors le chemin de ses hanches, et je l'attire à moi pour la serrer dans mes bras. Les siens s'enroulent autour de mon cou naturellement et nos lèvres se rejoignent car finalement, il n'y a pas à s'excuser. On a simplement laissé nos désirs et nos corps se parler.

Et parfois, cela fait du bien de faire taire sa raison...

Carl

Je suis en pleine réunion avec une dizaine de personnes lorsque mon téléphone affiche le nom de Franck. Ce dernier est en train d'essayer de me joindre. Ma curiosité est tellement exacerbée que j'ordonne une pause de deux minutes.

Tout le monde se tait, et interloqué, me regarde quitter la salle.

- Oui, Franck... J'espère que vous avez du nouveau car ce n'est vraiment pas le moment, là...
- Désolé Maître Webber, mais j'ai la preuve que vous demandiez. Je suis actuellement en bas de chez Céline Bach... Je viens de vous envoyer deux photos...

Je vais directement voir dans mes messages et la première photo apparaît : Céline dans les bras de Forges, complètement abandonnée à un baiser des plus sensuels. Je remarque les mains de celui-ci rivées à ses hanches.

Sur la seconde photo, elle sourit totalement collée contre lui, avec un sourire et un regard qui ne laisse pas de place à l'imagination.

Elle est accro, je le vois. Je ne la connais que trop bien.

Lui, j'avais déjà compris qu'elle lui plaisait, mais là, j'en ai la preuve en image.

Je suis du genre à garder mon sang froid, mais à regarder l'évidence, tout s'affole en moi, et je ne sais pas reconnaître si c'est de la colère ou de la peine. Mes mâchoires crispées me font mal. Tout mon corps est pétrifié, et je n'arrive plus à dire un mot.

Franck reprend la parole :

- William Forges est en fait son voisin de palier. Il habite chez ses parents. En tous cas, l'appartement est au nom de ses parents...

Je reste silencieux quelques secondes de plus, le temps d'assimiler ce que je viens d'entendre, puis tel un chat qui retombe sur ses pattes, me reprends avant de dicter mes exigences :

- Franck, tu ne la lâches pas d'une semelle. Et si tu en as la possibilité, tu lances la procédure numéro 5...
- Vous êtes sûr, Maître ?
- Sa trahison est gravissime... Sa punition doit être à la hauteur de son péché.

Je raccroche sans rien ajouter de plus.

Je reprends mon rôle d'avocat et entre dans la salle de réunion avec un grand sourire :

« Messieurs, Dames... la pause est terminée... Reprenons, voulez-vous ? »

Compiègne

Céline

Il fait vraiment un temps magnifique, et on ne pouvait pas espérer mieux pour ce déplacement professionnel impromptu à Arras.

William aurait préféré que je prenne quelques jours de congés en attendant d'y voir plus clair. Cependant ma motivation pour aller au travail a été la plus forte : je l'ai convaincu que personne ne pouvait être au courant de cette visite en clientèle, et que travailler me permettrait de me changer les idées. Pour rejoindre les bureaux de mon client, seules deux heures de route me sont nécessaires. C'est très raisonnable en temps de trajet, et en même temps, j'ai de l'autoroute tout le long. Toutes les caméras qui surveillent ces grands axes sont pour ma part un gage de sécurité. Il l'a reconnu, et a cédé devant ma détermination.

Je prends alors la route de bonne humeur et profite de ce moment de solitude pour chanter dans ma voiture tous les airs populaires qui m'accompagnent à la radio.

Je me sens tellement légère...

Je pense à William et je n'arrive pas à m'arrêter de sourire...

Ma mémoire affiche son regard noir planté dans le mien. À ces moments-là, je ressens son désir pour moi et son besoin de me protéger.

Je me laisse aller et m'abandonne à ce sentiment de paix qu'il me procure...

Je me sens idiote d'être amoureuse comme ça à mon âge. Mais tant pis, c'est trop bon. Et j'ai déjà hâte de le retrouver ce soir...

Je roule tranquillement sur la file du milieu pour doubler quelques camions, lorsqu'une grosse berline noire arrive en trombe et se colle à mon pare choc arrière avec de grands appels de phares. Je ne comprends pas pourquoi une telle agressivité, étant donné que la voie de gauche est totalement dégagée. Je ne parviens pas à distinguer le chauffeur : la réverbération du soleil m'empêche d'apercevoir quoi que ce soit dans ce véhicule. La distance étroite qu'il a mise entre nous me stresse, alors instinctivement, j'accélère pour essayer de me détacher de lui. Malheureusement, on dirait que cela ne résout pas le problème, et même à 150 km/h, il reste collé à mes basques, me rendant de plus en plus nerveuse.

Par chance ce matin l'autoroute n'est pas encombrée, j'ai ainsi la possibilité de doubler ces imbéciles scotchés sans raison sur la file du milieu et qui rétrécissent ainsi l'autoroute à deux voies.

Je regarde dans mon rétroviseur : la taille de la berline ne me rassure pas. J'ai affaire à une Mercedes classe E qui en a certainement pas mal sous le capot.

Étant moi-même amatrice de voitures bien motorisées, je relativise : même si la mienne ressemble à une citadine ordinaire, je sais qu'elle est très performante. Je décide donc d'essayer de semer celui qui me met les nerfs en pelote depuis déjà un bon quart d'heure. Je me place sur la file de gauche et accélère d'un coup. Le moteur vrombit, la boîte automatique redescend d'un rapport, et je sens la poussée qui m'écarte de la berline. Quelques secondes plus tard, elle n'est plus qu'une fourmi dans mon rétroviseur, et je suis très fière de ma monture.

Je me remets alors à une vitesse raisonnable sur la file de droite. Parfois on croise des abrutis, c'est comme ça...

Mais mon répit n'est que de courte durée : la berline noire arrive en trombe, me dépasse, se place sur la même file que moi, puis sans raison, freine puissamment. Dans un réflexe, j'ai juste le temps de changer de file d'un coup de volant brutal, guidé par mon instinct de survie. Heureusement qu'il n'y avait personne au milieu à ce moment-là, car dans l'action je n'ai pas eu le temps de vérifier...

Je ressens la menace, et la tournure que prend cette poursuite me terrorise. La berline montre clairement de plus en plus d'animosité à mon égard, et j'ai peur de l'issue que cette confrontation pourrait prendre.

D'une main tremblante, je lance un appel téléphonique à William depuis le système de la voiture : j'ai besoin d'entendre sa voix...

- Line ? Tout va bien ?
- Will... Il y a un type sur l'autoroute... Il me colle... puis me double... puis freine... Il a un comportement qui nous met en danger, on dirait qu'il cherche l'accident...

La terreur est perceptible dans ma voix, et il prend quelques secondes pour me répondre :

- Line... Surtout garde ton calme... Tu es au volant, il faut que tu conserves ta maîtrise.
- J'ai peur... Il cherche à me pousser à la faute pour m'envoyer dans le décor...
- Line... Je t'en prie... Concentre toi sur la route...

Je pousse des cris à chaque coup de frein ou de volant que je suis en train de donner en réponse aux manœuvres menaçantes. Mon agresseur me malmène, mais je ne suis pas un manche au volant, alors je me défends coûte que coûte. Mais je sais aussi que je ne pourrai pas tenir longtemps à ce régime.

Dommage, les vitres avant de la *Mercedes* sont trop teintées pour que je ne puisse voir le visage de celui qui m'inflige ce calvaire.

- Line, ma puce... Où es-tu ? Je suis avec Simon au commissariat du XVe On va demander un coup de main aux flics de l'autoroute.

Je regarde les panneaux :

- Je devrais bientôt arriver à « Compiègne Sud » ...

Il reste silencieux quelques secondes qui me paraissent une éternité...

- OK... C'est la sortie 9... Simon est en train d'appeler... Tiens bon... On essaye de te trouver du renfort...

La voix de William me fait du bien. Je regarde la ligne impressionnante de camions sur la file de droite et je sais que la sortie n'est plus très loin...

Il me vient alors une idée... C'est risqué, mais que je tenterais bien quand même...

Sans réfléchir davantage, je me lance...

D'abord, j'accélère sur la file de gauche, et comme je le pressentais, la berline noire reste collée contre mon pare choc. Puis d'un coup de volant brusque, je me déporte sur la file du milieu et freine brutalement. Ma manœuvre surprend mon adversaire qui est alors contraint de me doubler. Enfin, sans mettre mon clignotant, je me glisse entre deux camions sur la file de droite.

On dirait que les deux routiers ont compris ma tactique et ne laissent aucune marge entre ma voiture et eux, me protégeant ainsi momentanément.

Je vois la berline freiner à en faire fumer ses roues, et décélérer pour pouvoir me rejoindre. Je sens que mon agissement a agacé mon agresseur qui continue de me faire peur par des coups de volant latéraux. Je crie mais garde mon cap malgré tout, essayant de fixer mon regard sur la plaque d'immatriculation néerlandaise du poids lourd positionné devant moi.

William continue de me parler pour m'encourager à garder mon self-control, et je me connecte à sa voix pour rester concentrée.

Dès que j'arrive au niveau de la sortie, j'attends d'être à la hauteur des zébras pour donner un dernier coup de volant vers la droite et quitter l'autoroute in extremis, prenant ainsi mon assaillant par surprise et l'obligeant à continuer sur sa voie sans pouvoir me suivre.

Sur la bretelle de sortie, je roule à deux à l'heure, tremblante des pieds à la tête. Une fois le péage passé, je me gare sur le côté pour laisser aller mes pleurs.

La voix paniquée de William me tire de mon marasme :

- Line ! S'il te plait, dis-moi quelque chose... Line ! Tu vas bien ?

Entre deux sanglots, j'arrive à lui répondre lentement :

- J'ai réussi à sortir à Compiègne Sud en le bloquant sur l'autoroute... Je suis arrêtée sur le bas-côté après le péage.

J'entends son soupir de soulagement dans le téléphone, et à son souffle, comprends que pour lui aussi cet épisode a été anxiogène. Quelques secondes plus tard, il reprend la parole :

- T'es vraiment une championne... Bravo ma puce ! me réconforte-t-il. Avec Simon, on est en train réfléchir à une stratégie pour te mettre en sécurité...

J'entends qu'ils se parlent mais je ne comprends pas ce qu'ils se disent. Je reprends mon calme petit à petit, vérifiant à chaque bruit de moteur si je ne vois pas arriver la berline noire. Je sursaute dès qu'une voiture de cette couleur s'approche. Pour l'instant, tout va bien, et je commence à reprendre confiance.

La voix de William me ramène à la réalité.

- Bon... Tu ne peux pas rester là longtemps, alors voilà ce que tu vas faire : tu vas à la gare de Compiègne et tu mets ta voiture à

l'abri dans un parking. Tu prends juste tes papiers d'identité et le liquide que tu as, et tu laisses tout le reste dans ton coffre : manteau, sac à main, clé de maison, portefeuille et même ton téléphone.
- Hein ! Même mon téléphone... T'es sûr ?
- Oui, je ne sais pas comment ce cinglé t'a retrouvée, alors on va le jouer à l'ancienne, en essayant de garder le moins d'appareils électroniques sur soi.
- OK...
- Tu prends ta carte bancaire et tu fais un retrait d'argent à la gare, le plus que tu peux, en allant à plusieurs distributeurs s'il le faut. Tu remets ta carte dans la voiture que tu refermes avant de partir, et tu glisses la clé dans la jante arrière gauche. Tu as bien compris : tu ne gardes juste sur toi que tes papiers d'identité et ton argent, c'est tout.
- J'ai compris...
- Ensuite tu prends un taxi pour aller au centre commercial de... « Carrefour Venette ».
- Au centre commercial ?
- Oui, je vais venir te chercher, mais en attendant, je serai plus rassuré de te savoir entourée de monde. Les centres commerciaux sont en général très fournis en caméras de surveillance et en vigiles. Je pense que tu y seras en sécurité...
- Tu vas venir me chercher ?

- Bien sûr... Je ne vais plus te lâcher d'une semelle tant que celui qui est derrière tout ça ne sera pas mis hors d'état de nuire...

Des larmes silencieuses s'échappent de mes yeux et coulent sur mes joues. Je voudrais tellement être dans ses bras. On dirait qu'il le sent...

- Allez ma puce... Courage ! Cela ne va plus être trop long...
  Où est le double de tes clés de voiture ? On ne sait jamais, je préfère les confier à Simon pour être sûr qu'il puisse récupérer tes affaires et inspecter ton véhicule.
- Dans le tiroir de la console de l'entrée... dis-je en reniflant.
- Très bien... En m'attendant, achète-toi des nouveaux vêtements : jeans, tee-shirts... tout ce qui ne représente pas Céline Bach. Ils vont chercher une femme avec une robe verte alors essaye de changer de style de fringues...
- Mais j'ai de trop grosses fesses pour mettre un pantalon...

Il s'esclaffe, ne semblant pas sensible à mes inquiétudes :

- Non, je crois que le jean t'ira à merveille, au contraire... Du coup, on se donne rendez-vous au restaurant « *Au pain de Paul* » du centre commercial dans... trois heures ?
- Trois heures ?

- Oui, j'ai des choses à préparer pour notre cavale, et puis j'ai la route à faire...
- Hein ? On part en cavale ?
- Oui, si c'est bien ton Ex qui est derrière toutes ces menaces, on ne pourra avoir confiance en personne à Paris, juste en Simon...
- Mais combien de temps cela va durer ? Qu'est-ce que je vais dire à mon employeur ?
- Avant d'éteindre ton téléphone, envoie un message à ton chef pour lui dire que tu as un problème familial grave et que tu es obligée de prendre une semaine de congés.
- Une semaine... murmuré-je, la durée me paraissant tellement longue.

Je n'attends pourtant pas, et pendant que William continue de me parler, j'envoie un SMS à mon patron.

- Allez ma puce... À tout à l'heure... Tu fais bien tout ce que je t'ai dit ? Et tu éteins ton téléphone...
- Oui, oui, promis... Attends ! J'ai peur Will... ne puis-je m'empêcher de rajouter pour le retenir encore un peu.
- Je sais... mais tout va bien se passer, je vais bientôt être près de toi... À tout à l'heure, ma puce !
- À tout à l'heure Will !

J'éteins mon smartphone avec angoisse, me sentant coupée du monde, mais je sais qu'il a raison. Je respire profondément pour me reconnecter à moi-même et regagner en confiance. Je ne veux plus me laisser faire et j'ai quelqu'un de solide pour m'épauler maintenant. Je n'ai qu'une envie : regagner ma liberté.

Je démarre ma voiture et prends la route vers Compiègne, me rappelant chacune des recommandations de William.

Je me mets alors en mode compte à rebours : reste 2 heures et 59 minutes avant d'être à nouveau dans ses bras...

William

Après avoir mis fin à cette conversation si éprouvante, je prends mon visage entre mes mains et m'écroule les coudes sur le bureau destiné aux agents de passage et qui fait face à celui de Simon…

- « *Ma puce* »… Tu m'as vraiment pris pour un abruti…

La voix de Simon me fait relever la tête, et je vois son regard narquois. Je lève les yeux au ciel…

- Bon d'accord… Je ne t'ai pas tout dit sur notre emploi du temps de ce matin. Comment dire… L'épisode de la douche a quelque peu dérapé…

Il se lève et me rapporte un verre d'eau. Je dois dire que je lui en suis très reconnaissant. Mon front est en sueur, mes mains sont moites, et j'ai du mal à retrouver un rythme cardiaque serein. J'ai vraiment eu peur sur ce coup-là. Simon me regarde sans en rajouter, puis après quelques minutes, rompt le silence :

- Bon, au moins cela a le mérite de confirmer les rôles : tu t'occupes de la protection rapprochée, et moi du reste…

Je souris en silence. C'est sûr que je ne permettrais à personne d'autre de faire la protection rapprochée de Céline Bach.

- William, tu as conscience que la menace a grimpé d'un cran ? C'est une tentative de meurtre, là...
- Oui... J'en ai conscience... On fait comme on a dit : je la mets au vert, et toi tu trouves des preuves pour coffrer ce malade... Je t'appelle dès que je peux.
- Ne m'appelle pas sur mon portable, sauf en cas d'extrême urgence : ce n'est un secret pour personne qu'on est amis. Pour me joindre en journée, j'irai au bar « *El Chiquito* » tous les jours à midi. Appelle moi là-bas : voilà le numéro... me dit-il en me tendant une carte qu'il a sortie de son portefeuille. Pour les urgences le soir, contacte-moi chez Julien, mon voisin de palier. Je le préviendrai.

Et il me glisse un bout de papier griffonné dans les mains.

- Allez, action ! me secoue-t-il.
- Merci Simon... lui dis-je, en lui transmettant toute ma reconnaissance dans mon regard.
- Tu n'as pas à me remercier, Lion... File, retrouver ta lionne...
- Ce n'est pas ma lionne...
- Ouais... si tu le dis...

J'avale la dernière gorgée de mon verre d'eau et attrape ma veste, puis lui fais un signe de la main avant de quitter le bureau en courant.

Il faut maintenant se presser pour mettre Céline au plus vite en sécurité. Je laisse ma voiture de fonction au Commissariat du XVe. Tout le monde sait qu'elle m'est attribuée, et c'est une voiture moderne avec GPS et système d'assistance en cas de problème sur la route. Bref, tout ce qu'il faut pour être suivi à la trace. Ce n'est pas mon habitude, mais pour l'occasion, je prends donc le métro et rentre chez moi à pied.

Une fois dans mon appartement, je prépare un grand sac de voyage avec des vêtements décontractés et des produits de toilette. J'abandonne mes costumes contre mes pantalons cargo et mes chaussures de ville contre celles de randonnées. Ensuite, je sors du dessous de mon lit un étui avec mon fusil et des cartouches. Mieux vaut être prudent. J'ai mon révolver de service toujours sur moi, mais s'il y a du grabuge, je préfère prendre un plus gros calibre. Avant de quitter mon domicile, je note sur un papier quelques numéros utiles comme celui de Simon ou de sa femme, et éteins mon téléphone que j'abandonne sur mon piano.

Je file ensuite chez Céline, ayant toujours le trousseau qu'elle m'avait confié ce matin. Je ferme ses volets, et avant de sortir, prends le double des clés de sa voiture. Je les mets dans une enveloppe ainsi que celles de l'appartement à l'attention de Simon.

Je ne veux rien prendre d'autre : j'ai peur de mouchards planqués alors du coup, je m'abstiens, inutile de prendre des risques.

Avant de quitter notre immeuble, je confie l'enveloppe à Madame Gredin : Simon passera plus tard. Je n'ai pas envie de perdre du temps à retourner au commissariat du XVe.

C'est le moment de descendre au parking récupérer le bijou dont je m'occupe depuis des années pour mon père : une *Jaguar* cabriolet de 1994, XJS pour les connaisseurs. La carte grise n'est pas à mon nom, mais au sien, et comporte une adresse à Cannes, donc difficile de savoir qu'elle dort sagement dans un garage à Paris. Je glisse le sac de voyage et mon arme dans le coffre puis m'installe au volant. Son grand avantage est qu'elle n'est pas équipée de GPS ; le modèle est trop ancien. Un souci de moins ! Au démarrage, le bruit des douze cylindres me fait sourire. Quelle mélodie ! Si la berline noire revient nous menacer, j'aurais moi aussi du répondant sous le capot.

Je mets des lunettes de soleil et une casquette pour qu'on ne puisse pas me reconnaitre. On ne sait jamais, quelqu'un peut être en planque devant notre immeuble. À la sortie du parking, je ne remarque rien alors je prends la route sans plus tarder. Un peu plus loin, je trouve un distributeur de billets et tire de l'argent moi aussi : il vaut mieux prévoir... Une fois que je serai avec elle, je ne pourrai plus utiliser ma carte bancaire non plus.

Il faut encore faire le plein avant de prendre la route pour Compiègne. Je ne passerai pas par l'autoroute à cause des caméras de surveillance.

Je suis peut-être un peu trop parano, mais je m'en voudrais si ma négligence mettait Céline en danger.

Alors j'allume la radio et m'en remets à la musique pour combattre mon impatience et m'accompagner jusqu'à elle...

Céline

J'ai scrupuleusement suivi toutes les consignes de William et je passe maintenant les portes du centre commercial pour me mêler à la foule. En fait, il n'y a pas grand monde en ce début d'après-midi de semaine. J'erre dans l'allée bordée de commerces, un sac plastique roulé en boule contenant mes papiers et tout l'argent que j'ai pu tirer. Soudain, je repère l'enseigne d'un coiffeur. Je n'hésite pas une seconde, et entre dans le salon.

- Bonjour Madame, que puis-je faire pour vous ?

La jeune femme est avenante, avec un visage doux et des yeux noirs pétillants. Je me jette à l'eau :

- Mon ex-mari insistait pour que je me teinte les cheveux en noir. Selon lui, c'est la plus belle couleur pour mettre en valeur mes yeux. À la base, je suis plutôt châtain clair et pour tout vous dire, j'en ai marre du noir…
- Châtain clair avec quelques nuances dorées irait parfaitement avec votre regard. Ce serait moins strict et surtout mieux coordonné avec la couleur claire de votre peau… Vous frisez naturellement ?

- Oui. Aujourd'hui, je les lisse constamment. J'aimerai une coupe plus courte pour pouvoir les porter au naturel... Qu'en pensez-vous ?
- Que ce serait idéal avec la forme de votre visage...
- Auriez-vous une disponibilité pour faire ce changement radical maintenant ?
- Sans problème, Madame, je n'ai personne pour l'instant...
- Et en combien de temps ?
- Deux heures, je dirais...
- Alors c'est parti !

William voulait du changement, et bien il ne va pas être déçu... Au moins, on ne pourra pas me reconnaître. Mais cela m'inquiète un peu :

« *Et s'il ne me trouvait plus à son goût ?*

Est-ce qu'il m'avait déjà trouvée à son goût d'ailleurs ? »

La coiffeuse me tend un peignoir blanc qui vient dissimuler ma robe verte. Ouf ! Puis elle me demande de la suivre au fond du salon. Je m'assoie face à un miroir. Je m'aperçois que d'ici, on ne peut pas me voir depuis la galerie commerciale. Je suis soulagée et commence à me détendre. La jeune femme prépare consciencieusement ses produits et s'avance vers moi. On entame une conversation anodine qui me sort de la terreur de ces dernières heures. Et je remercie l'univers pour cette pause bienvenue.

***

Je regarde ébahie mon reflet dans le miroir du salon de coiffure. Je suis métamorphosée : mon carré court avec une longue mèche sur le devant met en valeur mes boucles naturelles. Je remarque les reflets ensoleillés de ma chevelure qui me donnent bonne mine et font écho à la couleur de mes yeux. Même mon teint a l'air plus lumineux et ne contraste plus de blancheur sur le noir de mes cheveux. Instantanément, je retrouve le sourire.

La jeune femme semble également très satisfaite de son travail et de mon relooking. Je la quitte en lui promettant de revenir bientôt. Mais intérieurement, j'ai des doutes…

Instinctivement, je scrute les gens autour de moi. Je ne vois rien d'inquiétant, principalement des couples de retraités qui font du lèche-vitrines. Je me dirige alors vers un magasin apparemment spécialisé en jeans.

Tout comme la pizza : vingt-cinq ans d'abstinence…

Cette fois, c'est un jeune homme vraiment très jeune qui s'avance vers moi :

- Bonjour, je peux vous aider…
- Je veux bien… Il me faut un jean, et vu ma silhouette, je ne sais pas qu'elle coupe choisir…

- Elle a quoi votre silhouette ? me dit-il d'un air surpris.
- Disons que j'ai des fesses généreuses...
- Et bien, vous en avez de la chance... Vous n'imaginez combien on vend de modèles qui « redressent le popotin » ...

Ses manières un peu efféminées me font sourire, et je me sens immédiatement à l'aise avec lui. Il n'est pas très grand, fin, avec des grands yeux noirs légèrement bridés qui me font supposer qu'il doit avoir des origines asiatiques. Ses cheveux d'ébène, brillants et bien coupés, montrent qu'il s'occupe bien de lui. À sa façon de s'habiller, j'ai l'impression qu'il doit être au fait des dernières tendances. Alors je me lance avec l'envie de lui faire confiance.

- Pourriez-vous faire de moi, disons... une femme plus moderne ?
- Et bien, je relève le défi... En cabine, belle dame, je vous apporte ce qu'il faut pour rejoindre le XXIème siècle...

Si j'avais eu un fils, il pourrait avoir son âge... J'aurais bien aimé avoir un fils comme lui, avec lequel je puisse avoir une complicité. Je me laisse faire et essaye tout ce qu'il me donne. La coupe des jeans qu'il m'a apportés me va à merveille. Ils mettent en valeur ma petite taille sans trop démultiplier mes rondeurs. Je me sens à l'aise et c'est tout ce qui compte. Il m'explique comment mettre une chemise dans le jean, comment superposer tee-shirt et pull. Bref, on passe un super moment tous les deux. Il va même jusqu'à aller me chercher dans le magasin d'à côté la paire de chaussures à lacets, coordonnée à mon nouveau look décontracté.

Du coup, je ressors avec une garde-robe complète aux couleurs chaudes qui vont bien avec mon regard et ma nouvelle couleur de cheveux. Je quitte à regret mon complice qui a su si bien me conseiller.

Je voulais aller au supermarché me prendre des produits de toilette mais je n'ai plus le temps. Les trois heures sont finalement vite passées, alors je file en courant à mon rendez-vous avec William… la boule au ventre.

C'est ironique, mais je n'ai plus peur de l'homme à la berline : avec ma métamorphose, je sais qu'il ne me reconnaitrait pas.

Je suis maintenant terrifiée à l'idée que William n'aime pas la nouvelle moi.

Et ça… c'est vraiment l'angoisse…

William

Je suis arrivé avec quinze minutes d'avance à notre lieu de rendez-vous au café, alors les cinq minutes de retard de Céline me stressent terriblement…

Mon regard passe au scanner la foule jusqu'à cette femme qui arrive en courant, attirant mon attention. Elle a un blouson en jean kaki avec un pull crème, un jean roulé sur des chaussures montantes fauves. Ses cheveux flous ensoleillés répondent au sourire qu'elle arbore. Dès que nos yeux se croisent, je sais instantanément que c'est elle.

Je me lève, elle s'arrête à deux mètres de moi et s'approche doucement. Elle scrute mon regard et ma réaction.

Céline en brune était troublante ; Céline en blonde est carrément excitante. On dirait qu'elle a pris une dose d'optimisme, et ses yeux d'or, auparavant tristes et désespérés, sont maintenant combatifs et intenses. J'adore…

Quand je lui souris à mon tour, elle laisse tomber tous ses sacs à nos pieds et se jette à mon cou. Elle ne dit rien. Je ne dis rien. On se serre simplement, n'ayant finalement besoin que de respirer l'autre. Elle rompt en douceur notre étreinte pour chercher une réponse dans mon regard. Sans la faire attendre davantage, je lui murmure :

- Tu es magnifique... Une vraie lionne avec cette crinière...

Elle éclate de rire. Je dépose mes lèvres sur sa bouche en un baiser léger. Puis la serre à nouveau fortement dans mes bras.

- Tu veux manger quelque chose ?

Cette question anodine me permet de retrouver une contenance face à l'émotion qui m'envahit de trop.

- Je veux bien. Avec tout ça, j'ai manqué le déjeuner...

Je cherche du regard une place dans un coin du restaurant. Je l'entraîne au fond, la fais asseoir dos à la foule et moi face, histoire de pouvoir contrôler ce qui peut arriver près de nous. Bien entendu avec toutes les précautions que nous avons prises, normalement il ne devrait pas y avoir de souci. Mais je préfère rester prudent. On a voulu attenter à sa vie, et c'est devenu une évidence pour moi que sa vie m'est plus que précieuse maintenant.

Le serveur arrive et essuie la table sans vraiment nous regarder. On commande une part de tarte et un café. Après tout c'est le goûter, autant se faire plaisir.

Je ne veux pas lâcher sa main : j'ai besoin d'avoir un contact physique avec elle. J'ai l'impression qu'elle me comprend, et sans rien dire, elle me serre la main en retour comme pour me donner son approbation et me signifier qu'elle aussi a besoin de moi. Son regard s'intensifie et me traverse avec gravité, me bouleversant encore plus. Elle a ce pouvoir sur moi de chambouler toutes mes certitudes.

Je reprends la conversation, histoire de cacher mon trouble :

- Tu m'as épaté, tu sais... Arriver à coincer ce crétin sur l'autoroute. Tu as fait preuve d'un tel sang-froid et d'un tel courage...
- Je dois avouer que c'est beaucoup grâce à toi, me dit-elle avec un petit sourire dans les yeux. Tes mots m'ont permis d'avoir envie de me battre et de m'en sortir. J'ai l'impression que tu as de l'influence sur moi, Commissaire...
- Bonne... j'espère ?
- Je crois... Je n'ai plus envie de me laisser faire, et tu me montres que c'est possible alors j'ai envie d'y croire.
- Avec Simon, on va trouver... Je ne sais pas encore en combien de temps, mais je t'assure qu'on va se démener.

Je porte sa main à ma bouche pour embrasser ses doigts. Elle me sourit et je peux lire l'espoir au fond de ses yeux. D'un coup, j'ai la pression : c'est bien joli les beaux discours, mais il va falloir du concret, il va falloir assurer...

Nos assiettes arrivent alors je suis bien obligé d'ôter ma main de la sienne. À nouveau, je scanne du regard la salle et les environs. Rien ne semble anormal. Je m'offre alors le luxe de manger ma tarte sans trop de stress.

Entre deux bouchées, elle me questionne :

- Will... Qu'est-ce qu'on va faire maintenant ? On rentre à Paris ?
- Non... Une amie de Lili... Tu te rappelles la femme de Simon ?
- Oui, bien sûr...
- Et bien, cette amie nous a réservé un gite près d'ici, à la campagne pour une semaine. Personne ne pourra faire le lien avec nous. Avant de partir d'ici, on va faire des courses pour tenir quelques jours.
  Il faut laisser un peu de temps à Simon pour trouver qui est derrière tout ça. Je sais qu'il ne va rien lâcher tant que tu ne seras pas en sécurité.
  D'ailleurs, il faut que je te dise qu'à partir de maintenant, nous sommes Madame et Monsieur Leclerc...
- On part en cavale, sous une fausse identité, comme dans les romans d'espionnage ? me demande-t-elle avec le regard pétillant.
- Dans les faits, on va plutôt se planquer, mais va pour dire qu'on part en cavale... Du moment que tu es en sécurité, c'est tout ce qui compte pour moi...

* * *

Moi, le commissaire Forges, qu'on surnomme le
« Lion », j'ai présentement un caddie à la main, et
je rentre dans un supermarché. C'est le symbole
même de la vie de couple : tout ce qui me fait
horreur.

Si Simon me voyait, il serait sans doute mort de
rire, et je ne pense pas que je pourrais me retenir
de lui en coller une.

Si ce n'était pas pour Céline, je ne serais pas là...

Elle commence par choisir un sac de voyage et le
remplit de tout un tas de produits de beauté. Je
pourrais aller dans des rayons qui m'intéressent
davantage, mais je ne veux pas la laisser seule,
donc tant pis, je prends mon mal en patience.
Ensuite, je la suis dans le rayon de la lingerie.

Là... ça commence à m'intéresser...

Je la regarde mettre dans le caddie quelques petits
ensembles coordonnés en dentelle de couleur. Je
ne peux pas m'empêcher lui montrer un ou deux
modèles que je trouve ravissants et qui lui iraient
tout particulièrement bien, mon imagination ayant
décidé de s'exprimer tout d'un coup...

Elle me regarde en souriant et prends aussi les
ensembles de mon choix. Puis elle s'avance vers

moi et dépose un baiser sur ma joue. Je ne peux m'empêcher de lui dire :

- Je réclame un défilé personnel ce soir…
- Tu auras tout ce que tu désires… me répond-elle en posant sa main sur mon torse et en me regardant d'une manière mutine.

La chaleur de sa paume m'enflamme et mon imagination repart de plus belle. Elle m'allume avec une facilité déconcertante, et je me dis que cette cavale n'a peut-être pas que des mauvais côtés…

On file ensuite dans les rayons d'alimentation. Je suis un fin gourmet donc je ne mets que des bonnes choses dans le caddie : des légumes frais, de la viande à mitonner… J'aime cuisiner alors je prépare les menus dans ma tête. En revanche, les desserts, ce n'est pas trop mon truc. Du coup, pour cette partie Céline prend les choses en main et rajoute ce qu'il faut pour la pâtisserie. Je suis heureux qu'on soit ainsi complémentaires et m'enthousiasme à l'avance pour nos repas.

Avant de quitter le supermarché, je fais un tour au rayon téléphonie et choisis un pack avec un mobile tout simple et une carte prépayée : impossible ainsi de savoir qui est le propriétaire du téléphone. C'est une bonne solution si on ne veut pas être repéré. Je prends plusieurs autres cartes SIM complémentaires : je n'appellerai pas plus d'une fois Simon avec une carte que je détruirai aussitôt l'appel passé. Tant pis si j'en fais trop : je ne veux prendre aucun risque...

Nous voilà donc parés, prêts à entamer cette planque.

En sortant sur le parking, je regarde autour de moi, en alerte, mais rien ne semble suspect. Nous marchons vers notre voiture comme les autres couples qui ont rempli eux aussi leur caddie. Je me prends à penser que malgré mon angoisse à me comporter comme ces pères de famille, je ne me suis pas transformé en citrouille et je suis toujours le même. Enfin, j'espère...

Arrivés aux abords de la Jaguar, Céline me regarde surprise :

- C'est ta voiture ? Je ne l'ai jamais vue dans le parking de l'immeuble.
- En fait, c'est celle de mon père, et tu ne l'as jamais vue car elle est garée dans un box.
- Waouh ! Elle est vraiment sublime... Cette couleur bleu nuit lui va particulièrement bien.

Elle fait le tour de la voiture en la regardant sous tous les angles. C'est drôle, je ne pensais pas qu'elle pouvait être sensible aux belles autos...

- Combien de chevaux ?
- Pas loin de trois cents...
- C'est bien, on a du répondant si on vient nous titiller...

Je ne peux m'empêcher de sourire et me mets à remplir le coffre qui commence à être vraiment bourré à craquer avec tous les achats que nous venons de réaliser.

À l'évidence, on n'a pas les mêmes attentes à vingt ans qu'à cinquante. Jeune, en planque, je me serais contenté de sandwichs, chips et sodas. Avec l'âge, je suis devenu plus gourmet. Bon, il faut avouer qu'il y avait aussi les exigences de Céline : elle ne voulait pas ressembler à une bonbonne après l'isolement qu'on va s'imposer. J'ai donc pris de quoi cuisiner sain...

Quand on se retrouve tous les deux assis dans l'habitacle, je respire enfin : j'ai l'impression qu'elle est un peu plus en sécurité, même si l'épisode de ce matin sur l'autoroute m'a prouvé que même en voiture, il fallait rester sur ses gardes.

Une fois installée sur le siège passager, Céline continue de faire connaissance avec la *Jaguar* et passe sa main sur les inserts en bois.

- C'est vraiment du beau travail...

Ses compliments envers ma voiture me vont droit au cœur, et je suis heureux de partager avec elle cette passion. Nous démarrons enfin vers notre gite, perdu au fond de la forêt de Compiègne, à Saint-Jean-aux-Bois.

* * *

Au bout de quinze minutes de route, un panneau attire mon attention :

« *Refuge pour animaux de Josie* »

Une idée folle me vient tout d'un coup. J'hésite quelques secondes mais déculpabilise vite en me disant que des circonstances exceptionnelles requièrent des solutions exceptionnelles...

Je freine alors brusquement et tourne sur ma droite, sur ce qui est plus un chemin de terre qu'une route. Céline me regarde avec les yeux grands ouverts d'étonnement.

- Qu'est-ce qu'on fait là ? me demande-t-elle décontenancée.
- Je vais voir si je ne peux pas me trouver un partenaire...
- Un partenaire ?

Je gare la voiture sous un arbre, et nous sortons du véhicule. Céline me suit, mais je sens qu'elle reste sur la réserve...

Une femme d'une soixantaine d'années s'avance vers nous avec un grand sourire.

- Bienvenue ! Je suis Josie... Je peux vous aider ?
- Bonsoir ! William...

Je lui réponds en lui tendant la main et arborant un grand sourire.

- Est-il possible de voir vos pensionnaires canins ?
- Oui, avec plaisir… Je devais fermer mais je vais prendre un peu de temps pour vous les montrer.

Céline reste à l'écart, silencieuse. Je me demande rétroactivement si elle n'aurait pas peur des chiens. Mais bon, il est trop tard pour reculer alors je lui fais signe d'approcher pour la présenter à Josie :

- Viens… Mon épouse… Line…

Céline salue la maîtresse des lieux, puis nous suit vers les cages avec une telle expression d'incompréhension que j'ai du mal à me retenir de rire.

- En ce moment, je n'ai plus que des chiens de grande taille, nous informe Josie.
- Cela ne nous dérange pas… Nous avons un jardin…

Céline ne dit rien, mais aux gros yeux qu'elle me fait, je vois qu'elle n'adhère pas du tout à ma démarche. Nous arrivons devant le chenil, où six gros chiens se bousculent. Enfin plutôt cinq, car le dernier est en boule sur un coussin, tout au fond. Josie ouvre la porte et entre en premier pour canaliser les bêtes trop heureuses d'avoir de la visite. Céline rentre aussi, craintive, et se place dans un coin à l'écart de l'agitation.

Les cinq bestioles viennent alors autour de moi chercher des caresses et des attentions. J'adore les chiens alors je prends un grand plaisir à m'occuper d'eux un moment.

Josie me donne des indications sur chacun de ses pensionnaires, sur leurs parcours chaotiques, certains ayant même été abandonnés à plusieurs reprises. Tandis que nous sommes en pleine discussion, contre toute attente, le sixième chien se lève et s'approche en douceur de Céline. Il se fait tout plat comme pour ne pas l'effrayer.

- Alors, mon pépère, lui dit-elle tendrement en lui tendant la main, c'est quoi ton histoire à toi ?
- Ah ! Vous parlez de Tim ? s'interrompt Josie en se tournant vers Céline pour suivre la scène. Chien battu et mal nourri par un maître alcoolique, il a lui été retiré par les forces de l'ordre un jour où le type a fait un coma éthylique. Quand je l'ai récupéré, il était d'une maigreur pas possible. Il doit avoir deux ans maintenant... Il est toujours un peu craintif mais c'est un bon chien. En revanche, pour un berger allemand, il ne correspond pas aux critères de la race : il est trop petit et peut-être même un peu trop clair. C'est sans doute pour cette raison qu'on a du mal à le placer : en comparaison, les autres spécimens que

> nous recueillons semblent toujours plus impressionnants...
> - Et bien moi, je te trouve très beau, Tim...

Le chien s'assoit aux pieds de Céline, se laissant caresser la tête gentiment. La bête nous regarde fixement, déterminée.

> - On dit toujours que ce sont les chiens qui choisissent leur maître... En voici un bel exemple ! s'exclame la patronne du refuge.
> - Et bien, Josie, je crois qu'on va repartir avec Tim...

À l'annonce de ma décision, je regarde Céline qui malgré la surprise est apparemment ravie.

Je fais faire les papiers au nom de mon père, avec son adresse à Cannes, comme sur la carte grise. Heureusement, Josie ne me demande pas plus de preuves de mon identité et s'enthousiasme sur le fait que Tim va partir en vacances avec nous : c'est un bon moyen de prendre contact en douceur selon elle. J'achète à l'association tout le nécessaire pour que mon nouveau coéquipier puisse manger, dormir et se promener sans problème. Je l'installe ensuite sur la banquette arrière de la voiture.

Après un dernier au revoir à Josie, nous reprenons le chemin vers notre gite. À peine sommes-nous à nouveau sur la route que Céline prend la parole :

> - Tu te rends compte qu'adopter un animal est un engagement, et que ce n'est pas juste pour une semaine... s'inquiète-t-elle.

- Oui, je sais… J'adore les chiens et je ne prendrais jamais le risque de le rendre malheureux, je te le promets. Mais là, Tim sera le partenaire idéal pour ta sécurité : je sais qu'il nous préviendra si quelqu'un pénètre dans l'enceinte du gite. J'ai tout de suite vu qu'il t'adorait. Il ne laissera personne s'approcher de toi et te faire du mal.

Céline se retourne et fait une caresse à un Tim apparemment satisfait de son sort.

- Tu sais, avoir un chien était un de mes rêves de gosse, et mes parents ont toujours refusé à cause de la contrainte que cela implique.
- C'est vrai ? Je suis donc juste ton prétexte pour en avoir un ? me demande-t-elle avec un petit sourire.
- Ce n'est pas faux… m'esclaffé-je. Je suis lucide sur le fait que ce ne sera pas évident de m'organiser une fois que nous serons de retour à notre vie parisienne. Mais beaucoup d'autres y arrivent bien, non ? Pour l'instant, je n'ai pas envie de me pourrir la vie avec ça : je suis trop heureux d'avoir enfin mon chien à moi et je compte bien en profiter.
- Tu as raison… Et les conditions seront idéales avec une maison et un jardin pour faire connaissance avec Tim, conclut-elle.

Le reste de la route se fait dans le silence, chacun un peu perdu dans ses pensées et écoutant les mélodies diffusées à la radio.

Je réalise alors que dans cette voiture, j'ai une femme qui m'est précieuse, et si je suis mon instinct, j'ai l'impression que je compte aussi un peu pour elle, ainsi que le chien dont j'ai toujours rêvé. Alors je profite de la chance qui m'est donnée, même si les circonstances sont compliquées, et même si je sais d'avance que cela ne va pas durer.

Car cela ne peut pas durer...

Je la ferai partir : le schéma se répète depuis toujours entre les femmes et moi. Pourquoi cela serait-il différent avec Céline ?

En revanche, je tiendrai la promesse faite à Tim en signant le document du refuge tout à l'heure : je suis à présent son maître et le resterai, quelles que soient les difficultés à surmonter pour organiser notre vie en binôme dans mon petit deux-pièces du XVe à Paris...

Saint-Jean-aux-Bois

Céline

Nous avons quitté la route depuis déjà quelques minutes et roulons sur un chemin de terre privé. Nous traversons la forêt jusqu'à une clairière où une petite maison est posée au centre. William descend de la voiture pour ouvrir la barrière de bois blanc qui ceinture la propriété.

La maison est charmante : on dirait un petit cottage anglais avec ses colombages et son toit de tuiles rouges. Une grande pelouse enserre la bâtisse, et je me dis que Tim aura largement de quoi se dégourdir les pattes en toute sécurité. La configuration fait également que personne ne peut approcher de la maison sans être vu, et c'est parfait pour les circonstances qui nous amènent ici.

Une petite voiture bleue est stationnée près du porche d'entrée, et sa propriétaire vient d'apparaître tout sourire.

William gare la *Jaguar* sur le côté de la maison et nous descendons rejoindre notre hôte qui s'avance vers nous avec un air chaleureux :

- Bonjour ! Vous êtes Monsieur et Madame Leclerc ?
- Oui... Madame Lebrun, je suppose ? demande William.
- Effectivement, bienvenus à « *La clairière d'Adèle* ». Pour la petite histoire, cette maison appartenait à ma mère... nous raconte Madame Lebrun avec fierté.
- Avant tout, je voudrais vous prévenir que nous n'avons pas pu faire garder notre chien, comme c'était prévu à l'origine. Est-ce que c'est un problème pour la location ? demande William légèrement inquiet.
- Non... pas le moins du monde... Il y a de l'espace, et vous verrez la maison est facile à nettoyer.

Je suis soulagée car, dans le cas contraire, je ne sais vraiment pas comment on aurait pu faire avec Tim...

La femme nous entraine à l'intérieur, et en passant la porte, je ressens immédiatement la chaleur de l'habitation m'envelopper.

En bas se trouve la cuisine ouverte sur le salon comportant une cheminée en briques et dans un coin un piano droit. Je fais un signe de tête discret à William qui me répond par un clin d'œil. S'il n'y a rien à faire, il pourra au moins jouer. La maison est aménagée avec des meubles et des objets d'époque. Cela renforce l'atmosphère de maison de famille qui émane de l'endroit, et donne envie de faire des gâteaux et de la confiture.

La cuisine est prolongée par une réserve avec machine à laver le linge et espace chaufferie. Madame Lebrun rebrousse chemin pour prendre l'escalier qui part du salon et nous mène à l'étage. Là-haut, on trouve une très jolie chambre avec vue sur la forêt et une vaste salle de bain avec une belle fenêtre donnant sur le jardin de devant. Notre hôte l'ouvre et le plus étonnant, c'est qu'on n'entend aucun bruit. Pour des citadins que nous sommes, c'est presque déroutant de se sentir ainsi seuls au monde…

- Voilà, je crois qu'on a fait le tour. Faites comme chez vous. Vous avez des questions ? s'enquiert Madame Lebrun en refermant la fenêtre.
- Il y a-t-il une autre issue pour la voiture ou le chemin que nous avons pris est le seul possible pour arriver jusqu'ici ? demande William.
- Non, il y a bien un deuxième accès. Venez !

Elle nous guide à nouveau dans la chambre, et par la fenêtre nous montre le deuxième chemin qui file à travers les bois, depuis l'arrière de la maison.

- Au bout de ce chemin, il y a une autre barrière avec une grosse chaîne. Vous pouvez l'ouvrir avec… cette clé…

Après quelques secondes de recherches dans l'imposant porte-clés, elle me tend le fameux sésame.

- Mais bon, pour être franche avec vous, on n'en a pas souvent l'utilité... Vous avez mes coordonnées, si vous avez la moindre question, n'hésitez pas à m'appeler... J'habite la maison voisine, à un kilomètre de vous en continuant sur le chemin principal que vous avez pris en arrivant.
- Merci beaucoup pour votre accueil, et voici votre enveloppe avec l'appoint pour la location de la semaine.
- Ah ! Oui, c'est vrai ! Merci à vous et bonne installation.

Nous la raccompagnons jusqu'à sa voiture, puis la regardons s'éloigner : sur le chemin privé, elle se dirige vers la gauche pour le kilomètre qui va la ramener jusqu'à chez elle.

Enfin seuls !

Je me tourne vers William, et spontanément me réfugie dans ses bras avec un sourire jusqu'aux oreilles :

- C'est vraiment charmant ici ! C'est parfait comme endroit !
- Oui... Tu as raison. C'est parfait.

Il s'empare de mes lèvres et sa douceur me fait frissonner. Je me laisse emporter par sa tendresse...

Mais une plainte nous interrompt : du fond de la voiture, un regard nous implore de le laisser goûter lui aussi à la liberté. Alors dans un éclat de rire, nous retournons à la réalité de nos devoirs de nouveaux maîtres, et de la voiture qu'il faut décharger...

* * *

Nous avons passé près d'une heure à tout ranger dans la maison. Lui comme moi aimons l'ordre, et j'en suis rassurée : vivre avec une personne désordonnée aurait été difficile pour moi. J'ai mis un point d'honneur à le concerter pour l'organisation des placards de la chambre et de la salle de bain : nous sommes deux célibataires endurcis, je voulais que chacun se sente à son aise.

J'ai vu qu'il avait rangé un fusil dans la remise derrière la cuisine. Je n'ai pas fait de commentaire mais cela me rappelle que malgré les apparences, nous ne sommes pas en vacances mais bien en fuite.

Je vois également que William déploie de l'énergie pour que je ne m'inquiète pas, mais je sens aussi qu'il prend les choses très au sérieux. À la fois je suis soulagée car j'ai conscience que je ne suis plus seule face à mon problème de harcèlement, mais en même temps, j'ai la conviction que la situation ne va pas se régler en deux jours.

De retour au rez-de-chaussée, je prends du temps pour installer Tim confortablement : gamelles dans la cuisine, coussin dans le salon. Il a vite compris où étaient ses affaires. J'ai l'impression qu'il se sent heureux même s'il est toujours en train de renifler partout. Il nous regarde avec tant de reconnaissance que j'en ai chaud au cœur.

Dans le salon, je réorganise un peu les meubles pour faire une meilleure circulation et pour placer le canapé face à la cheminée et au piano. Il n'y a pas de télévision alors lire au coin du feu pourra nous permettre de passer de bonnes soirées.

J'ai également recouvert le canapé d'un grand drap blanc, trouvé dans l'armoire de la chambre. Ce subterfuge me permet de cacher les grandes volutes orangées du tissu qui me piquaient les yeux et de le protéger contre les tâches éventuelles.

Je passe en revue la maison. Avec la touche personnelle que je viens de lui apporter, elle me semble idéale pour ces prochains jours. Je file dans la salle de bain faire ma petite lessive personnelle : si je veux de la lingerie propre pour la semaine, je n'ai pas le choix.

Je croise William qui vient de finir de ranger ses vêtements dans le placard de la chambre.

- J'ai prévu un risotto aux coquilles Saint-Jacques pour ce soir. Cela te convient ? me dit-il en m'attrapant par les hanches.
- Ouh ! Excellent ! Alors que dirais-tu d'une mousse mascarpone au citron pour clore ce dîner ?

- Je dirais que ce serait délicieux.

Et il se penche pour m'attraper le cou avec ses lèvres.

- Mais il y a quelque chose d'autre à faire avant de se mettre en cuisine… me murmure-t-il à l'oreille.
- Pour ma part, une petite lessive et je descends.
- Non, ce n'est pas ça… me dit-il d'un air faussement sérieux.
- Appeler Simon pour lui dire que nous sommes installés ?
- Je pourrais le faire après…
- Ben, là, je ne vois pas… lui dis-je d'un air mutin.

C'est alors qu'il me prend de court en me poussant légèrement, mais assez pour que je tombe en arrière et m'affale sur le lit dans un cri de surprise. Il me rejoint dans le quart de seconde, m'écrasant sous son corps avec une étonnante délicatesse :

- Il faut tester la literie ! conclut-il avec un regard amusé.

J'éclate de rire et me prête volontiers à son jeu : décidément, je ne peux pas lui refuser grand-chose…

Ses gestes au départ légers deviennent de plus en plus possessifs, et je comprends que cette journée a été difficile pour lui aussi. Il me serre si fort, presque désespérément, que j'ai l'impression de ressentir la peur qu'il a eu à me savoir en danger. Je le force à me regarder en attrapant son visage entre mes mains et perçois une brume au fond de ses yeux.

Alors je lui dis simplement :

« Moi aussi j'ai eu peur… ».

Ces simples mots déclenchent en lui une tornade : sa bouche capture mes lèvres pendant que ses mains me déshabillent à la hâte. Je me laisse ainsi emporter par son désir qui attise le mien en un éclair. Je m'abandonne à ce moment de consolation dont nous avons tant besoin tous les deux, et que nous ne pouvons assouvir que par le corps de l'autre…

William

Avant le dîner, je sors Tim dans le jardin pour notre tour de garde. Il me surveille sans cesse comme s'il avait peur de se perdre ou de me perdre, au choix. Il est très obéissant et répond bien au rappel. Je prends un grand plaisir à promener mon chien.

Mon chien, enfin...

Avec la pénombre qui tombe, avoir Tim avec moi me rassure. Il saurait me prévenir immédiatement s'il y avait un rôdeur autour de nous. Les chiens sont ainsi faits : ils sont programmés pour protéger leur meute, et depuis ce soir, Céline et moi avons intégré la sienne.

Je profite de la promenade pour appeler Simon, ou plutôt son voisin de palier.

- Bonsoir Monsieur Rodrigues, ici Monsieur Leclerc, l'ami de Simon...
- Oui, Monsieur Leclerc... Simon m'avait prévenu. Ne raccrochez pas, je vais le chercher tout de suite.
- Je vous remercie.

Et après quelques minutes, j'entends la voix familière et réconfortante de Simon.

- Alors comment se passe la cavale de ta lionne ? me dit-il sur le ton de la plaisanterie.
- Pour l'instant, pas de nuage à l'horizon. J'ai même recruté un nouveau coéquipier. Tu n'as qu'à bien te tenir...
- Hein ! C'est quoi cette histoire ?
- Il a quatre pattes et un flair surpuissant...
- Toi, t'as enfin trouvé la bonne excuse pour te prendre un chien. Depuis que je te connais, t'en meurs d'envie...
- C'est vrai. Mais en attendant, je suis heureux de pouvoir compter sur lui. Il s'appelle Tim, c'est un berger allemand de deux ans que nous avons trouvé dans un refuge, sur notre route. Il est vraiment super sympa et totalement en admiration devant Céline.
- Et bien, cela en fait deux... pouffe-t-il.
- C'est ça... Fous toi de moi... Et de ton côté, tu as du nouveau ?
- On a récupéré quelques vidéos des caméras de l'autoroute. J'avoue que le type à la Mercedes noire n'y est pas allé de main morte. Céline a vraiment fait preuve d'une grande maîtrise de sa voiture pour s'en sortir...
- Et tu as pu voir la plaque ? Tu sais à qui appartient la voiture ?
- Malheureusement non... Les plaques sont fausses, et à aucun moment le visage du conducteur n'est assez visible sur les enregistrements. On sait seulement que la voiture est sortie de l'autoroute à la sortie

suivante de celle empruntée par Céline, et on l'a perdue dans la campagne...
- Merde...
- Je sais... En plus, la surveillance de la voiture de Céline à la gare de Compiègne n'a rien donné pour l'instant. Du coup, demain matin, je pars de bonne heure récupérer ses affaires. Je les déposerai directement au labo pour qu'ils vérifient qu'il n'y ait pas de mouchard planqué. Mais bon, elle a très bien pu être suivie depuis son bureau.
- Effectivement, c'est même l'hypothèse la plus probable... Des nouvelles de la caméra de la salle de bain ?
- Oui, j'ai récupéré le matériel. Maintenant, il va me falloir un peu de temps pour retrouver qui en a acheté dernièrement. C'est un tout nouveau modèle donc l'historique des ventes ne devrait pas être trop important à analyser.
- Je prie le ciel pour que tu puisses relier cet achat à Webber, qu'on le coffre et que tout rentre dans l'ordre...
- Et t'es sûr que c'est ce que tu souhaiterais... que tout rentre dans l'ordre ?

Je ne comprends pas tout de suite l'allusion de Simon...

Je regarde alors la maison, dont les lumières éclairent le jardin. J'aperçois Céline qui est en train de dresser la table pour notre dîner. Je me retourne et vois Tim gambader heureux de pouvoir se dégourdir les pattes dans le jardin. C'est l'image d'un bonheur que j'ai toujours refusé d'avoir, que j'ai toujours rejeté parce que j'ai toujours angoissé à l'idée d'être enfermé, emprisonné…

Après quelques secondes d'hésitation, je lui réponds :

- Mais Simon, je n'ai pas le choix… Tout doit rentrer dans l'ordre. C'est notre job… On doit tout faire pour que Céline puisse reprendre une vie normale et qu'elle ait la possibilité de poursuivre son chemin. C'est comme ça que cela doit se passer.
- Peut-être pas… Tu as peut-être le choix de faire différemment sur ce coup-là, non ?
- Je suis lucide. J'ai cinquante-deux ans et je suis un célibataire invétéré. C'est trop tard pour moi. Mais j'espère qu'elle trouvera un type bien pour l'accompagner le reste de sa vie…
- Bon… En attendant, il y a du boulot. Alors tu gardes l'œil ouvert, Lion…
- T'inquiète… Elle est entre de bonnes mains…
- Ah ça, je n'en doute pas… s'esclaffe-t-il.

Je soupire et lève les yeux au ciel. On se quitte sur cette plaisanterie.

Je siffle Tim qui rapplique en courant comme un fou et me dirige vers la maison en souriant. Je suis tellement content de pouvoir jouer avec mon chien… Mon chien…

Sur le chemin de retour vers la maison, je repense à la conversation échangée avec Simon, et plus précisément à cette phrase que ma raison a prononcé pour moi :

« *J'espère qu'elle trouvera un type bien pour l'accompagner le reste de sa vie.* »

En fait, elle m'agace cette phrase...

Je me demande comment j'ai pu la prononcer, cette phrase.

Si un type s'approchait d'elle à l'instant, même avec de bons sentiments, je serais capable de lui démonter la tronche. Je n'ai pas envie de céder ma place dans l'immédiat. C'est purement égoïste, j'avoue.

À croire que finalement, je ne vaux pas mieux que Webber pour faire passer mon bien-être avant celui de Céline...

* * *

Nous avons préparé le dîner à quatre mains, et j'ai particulièrement apprécié ce moment de partage en cuisine. À moi le salé, à elle le sucré, chacun sa partie tout en étant coordonnés. Du vrai travail d'équipe, dans la bonne humeur...

Comme elle a fini avant moi, je la vois se diriger vers le salon. Elle fouine dans la bibliothèque, ouvre un placard et s'exclame :

- Will, il y a une platine disque avec tout plein de vinyles...
- Génial ! Et tu penses qu'elle fonctionne ?
- Je vais essayer de la mettre en route...

Je ne veux pas prendre le risque de m'éloigner de mon risotto qui est en train de mijoter et que je dois remuer régulièrement, alors je la laisse prendre les choses en main avec la platine. Quelques minutes plus tard, la voix de Joe Cocker me saisit et des frissons galopent sur mes bras.

« *Unchain my heart* » - *Libère mon cœur...*

C'est ironique, elle n'aurait pas pu choisir meilleure chanson pour s'harmoniser avec mes interrogations du moment. Elle monte un peu le son : ici pas de voisin à un kilomètre à la ronde, du coup, pas de souci pour faire péter les watts. Elle s'approche de moi en dansant avec un sourire qui illumine son visage et qui me contamine. Elle vient se frotter à moi en se dandinant, alors je lâche ma spatule pour la serrer encore plus contre moi, et mettre mon visage dans son cou. Après quelques tours, je me redresse d'un coup et retourne à ma poêle :

- Non, non... Tu ne me distrairas pas comme ça... Tout va brûler, et tu vas me traiter de piètre cuisinier...

Elle éclate de rire et se colle à mon dos, pendant que je tourne le riz méticuleusement. On reste à se bercer ainsi jusqu'à la fin de la chanson.

Le risotto est prêt alors on passe à table. Elle a mis une bougie au centre, et la lumière douce du salon nous enveloppe d'une ambiance zen.

Je me sens bien, comme je l'ai rarement été…

Joe Cocker nous accompagne tout le dîner où nous parlons de nos vies passées, nos boulots, tout en évitant bien de parler du sujet qui fâche… l'avenir…

Céline

Je sais que William a appelé Simon tout à l'heure, lors de la promenade de Tim. Je l'ai vu, le téléphone à l'oreille et l'air grave. C'est peut-être lâche, mais je n'ai pas envie de savoir ce qu'ils se sont dit. S'il ne m'en parle pas, c'est qu'il ne doit pas y avoir de nouveau ou alors qu'il ne veut pas m'inquiéter. Dans les deux cas, il a ses raisons que je me dois de respecter.

Et puis, je n'ai pas envie de gâcher ce dîner, avec ce risotto succulent.

Cette demeure qui ressemble à la « *Petite maison dans la prairie* » me renvoie à une image idéale de ce que pourrait être une vie à deux. Ici, finalement, il ne manque que Virgile. Je crois qu'on pourrait y passer un mois sans problème en étant vraiment très heureux.

La seconde partie de ma vie pourrait ressembler à cela : une vie au grand air avec mon homme, mon chien et mon chat.

Malgré tout, j'ai un petit pincement au cœur : je n'ai pas eu d'enfant, et mon jardin ne pourra jamais se remplir de cris de joie, d'œufs de Pâques et de ballons colorés...

Je regarde William et ne peut m'empêcher de lui demander :

- Tu ne regrettes pas, toi, de ne pas avoir eu d'enfants ?

La question semble venir de nulle part, et tombe un peu comme un cheveu sur la soupe. Il réfléchît pourtant quelques instants et me répond :

- Non... Je n'en ai jamais éprouvé le besoin, sinon, j'aurais certainement cherché à me caser. Mais je suis sûr que j'aurais fait un piètre père, tout le temps absent... Et puis, l'image d'Épinal de la vie de couple, des parents avec les enfants, ça m'a toujours foutu des angoisses...
- Pourquoi ? Tu n'étais pas bien chez toi, enfant avec tes parents ?
- Je crois que j'étouffais, dans cette vie où il n'y avait pas de place à la fantaisie et à la surprise. J'ai parcouru mes dix-huit premières années sans flamme. J'avais envie de faire différemment, et de vivre des aventures pour les suivantes. Flic, cela me correspondait bien, et je me suis plutôt pas mal débrouillé dans cette voie-là.
  Et toi ? Vous ne vouliez pas d'enfant avec Webber ?
- Carl ne voulait pas d'enfant ; Carl voulait un héritier. Un garçon... Quand il a souhaité que j'arrête la contraception, son caractère dominateur avait déjà fait des ravages sur moi. Malheureusement, au bout de deux ans, je n'étais toujours pas

tombée enceinte. Alors nous sommes passés au plan B. Son acharnement était tellement démesuré que j'ai pris peur... et toutes les tentatives ont échoué. Un psy m'a dit plus tard que comme je me sentais en insécurité, mon corps n'avait pas voulu procréer... Même les fécondations in vitro n'ont rien donné, autant te dire que je devais être vraiment mal... Mais le pire c'est qu'à chaque échec, j'avais droit à une punition : il m'enfermait dans une chambre pendant des jours, m'isolant du monde extérieur et refusant de me voir. Avec ce régime, je suis tombée malade, j'ai eu des tumeurs, heureusement bénignes, mais j'ai dû subir des opérations qui ont eu comme conséquence que je ne pouvais plus avoir d'enfant du tout...
C'est à partir de là que j'ai commencé à vouloir m'échapper de cette vie et à penser au divorce.

Je m'interromps puis reprends la parole en souriant :

- Parfois, je me dis que si j'étais tombée sur un type sympa, je serai peut-être une grosse Mama avec cinq rejetons...

Il éclate de rire :

- Cinq terreurs avec tes yeux de fauves... Il t'en aurait fallu de l'énergie...
- Oui, c'est sûr...

Je le regarde en souriant, quand tout à coup, son regard s'assombrit. Je comprends qu'il a envie de me dire quelque chose mais qu'il ne sait pas comment s'y prendre.

Alors pour l'aider, je lui murmure tendrement :

- Vas-y... Dis-moi...
- Comment fais-tu toujours pour savoir ce que je pense ? s'étonne-t-il.
- Tes yeux me parlent... Ils sont parfois beaucoup plus bavards que toi...

Il me prend la main :

- En fait, ce n'est pas tout à fait vrai que je n'ai pas d'enfant...

Je le regarde surprise...

Il baisse les yeux sur ses doigts qui caressent ma main et continue :

- Il y a une dizaine d'année, j'étais sur une affaire de gang qui terrorisait les commerçants de leur quartier. Un type travaillait pour eux : Joseph Lopez, qui se faisait appeler Joe. C'était un petit trafiquant sans envergure qui vivait de petits boulots. Mais il avait une certaine morale et ne touchait jamais à la drogue. Seulement le chef du gang avait décidé de s'étendre et de prendre de l'importance. Il a forcé Joe à transporter de la marijuana pour lui, en menaçant directement la vie de son fils qui devait avoir deux ans. Joe avait tellement peur pour le gamin que lorsque je l'ai bouclé pour trafique, il a accepté de nous aider à démanteler le gang. On a réussi mais je n'ai pas pu lui éviter la tôle. Il devait en ressortir rapidement, seulement un cancer l'a emporté en quelques mois avant qu'il n'ait fini de purger sa peine... Quand il a été au plus mal, il m'a fait appeler pour me demander d'être le tuteur de son fils. Il voulait que son garçon soit élevé dans le droit chemin, et qu'il ne finisse pas comme lui. Ironie du sort, j'étais le seul type qu'il avait croisé dans sa vie et qui remplissait apparemment les critères de droiture qu'il s'était choisi. Alors, après sa mort, en mémoire des services qu'il m'a rendus, je suis devenu le tuteur de Lucas.

Je n'ai pas lâché sa main, mais ma curiosité exacerbée me pousse à lui demander doucement :

- Et la mère de Lucas ?
- C'était une fille mignonne mais pas très futée qui courait après tous les mecs de son quartier. Elle a eu une aventure de quelques mois avec Joe. Elle a fait un déni de grossesse, et quand elle s'est rendu compte qu'elle était enceinte, il était trop tard pour avorter. Elle ne voulait pas de ce bébé et souhaitait accoucher sous « X ». Mais Joe, lui, était ravi d'avoir un enfant. Alors il l'a pris en charge dès sa naissance et l'a gardé auprès de lui.
- Et maintenant où est-elle ?

- Morte également... Overdose... répond-il en haussant les épaules.
- Eh ben ! Ce n'est pas très gai, dis-moi... Pauvre gamin... Remarques, tu me diras, à huit ans, j'étais moi-même orpheline. Mais j'avais mes grands-parents, et c'est vrai que cela change tout. J'ai été élevée sans manque d'amour... Tu ne l'as jamais amené à Paris ? Je ne me souviens pas t'avoir déjà croisé dans l'immeuble avec lui.
- Non, quand je le sors de la pension, on va chez mes parents à Cannes. Au bord de la mer, il y a des tas de choses à faire avec un enfant, et mes parents sont ravis d'avoir un peu de jeunesse. Ils voudraient même le prendre un peu plus souvent. Mais bon, Lucas n'est pas leur petit-fils, je ne voudrais pas qu'ils se fassent des illusions...
- Alors, il vit en pension ? ne puis-je m'empêcher de m'inquiéter.
- Oui... En Haute-Savoie, un établissement très chouette, rassure-toi. Il peut même y faire du ski tout l'hiver.
- Et il a quel âge maintenant ?
- Sept ans.

Je n'en dis pas plus. Je le sens plus attaché à cet enfant qu'il ne veut bien le dire, et je ne veux pas le mettre mal à l'aise. Je conclus simplement par :

- Eh bien, tu en as de la chance... Et lui aussi...

Je suis heureuse qu'il se soit ouvert à moi avec sincérité. Je me lève, lui fais une bise sur la joue avant de filer en cuisine chercher le dessert. Quand je rapporte les mousses au citron, son regard se métamorphose, et je le vois saliver par avance.

- J'espère que tu en as fait plus... Finalement, ce n'est pas si gros...
- Oui... Ne t'inquiète pas, j'en ai fait pour demain aussi.

Je lui réponds avec un sourire dans la voix. C'est fou ce qu'il est gourmand...

Et contrairement à mon cas, je trouve particulièrement injuste que cela n'ait pas plus d'incidence sur sa silhouette...

Carl

« C'est inacceptable ! »

Je hurle en tapant un grand coup de poing sur la table. Je suis en train de perdre mon sang froid légendaire. Franck est là devant moi à regarder le bout de ses chaussures.

Je ferme les yeux quelques secondes et prends une grande respiration avant de continuer mon interrogatoire :

- Elle n'a quand même pas pu disparaître de la surface de la terre comme ça... Et Forges ?
- Il a posé des congés : apparemment une semaine. Comme elle d'ailleurs... Sa voiture de fonction est toujours au Commissariat du XVe et j'ai retrouvé celle de Céline à la gare de Compiègne. Leurs appartements sont clos. Aucun billet de train ou d'avion n'a été acheté à leurs noms. Leurs portables sont éteints, et ils n'utilisent pas leurs cartes bancaires non plus... liste Franck complètement démuni.
- Et à quoi ça sert d'avoir des contacts fiables dans la Police, si c'est pour me sortir ça...

Je crie mais au fond je sais bien qu'il est impuissant, et que Forges s'avère être un adversaire plus coriace que prévu. Le problème est que cela m'est insupportable…

Il faut tout de même trouver une parade et arriver à avancer des pions avant que la partie ne soit définitivement perdue…

- Est-ce que certaines balises GPS sont encore actives ?

J'essaye de maitriser cette colère afin de me reprendre et de retrouver les idées claires.

- En fait, elles nous ramènent toutes à sa voiture : son sac à main et son téléphone sont restés à Compiègne. Du coup, je les ai tout de suite déconnectées pour ne pas prendre de risque.
- Bon… Il ne nous reste plus qu'à activer la dernière…
- Maître Webber, c'est prendre un gros risque… surtout en ce moment où il n'est pas impossible que vous soyez surveillé… essaye de me raisonner Franck.
- Elle est avec lui depuis deux jours… Elle me trompe avec ce… commissaire de quartier ordinaire…

Je vois dans les yeux de Franck qu'il comprend l'angoisse que je ressens.

- Vous savez bien que si on déclenche cette dernière balise, son signal est renvoyé

directement sur votre portable... C'est pour cette raison qu'on ne l'avait jamais activée... J'ai peur que les flics ne remontent jusqu'à vous... s'inquiète Franck.
- On ne va pas leur en laisser le temps. On va la déclencher demain à l'aube. Dès qu'on aura les coordonnées de l'endroit où ils se cachent, tu iras sur place. À l'instant où tu me confirmeras que Céline est bien là, je désactiverai la balise avant que ces crétins ne puissent réagir.
- Cela peut fonctionner... À condition qu'elle ne soit pas trop loin de nous... Si c'est le cas, il faudra que je sois très rapide pour que vous soyez exposé le moins de temps possible.
- On avisera donc demain en activant notre dernière chance de la retrouver...
- Et que souhaitez-vous que je fasse ensuite ?
- Vous me la ramenez... vivante... Vous faites ce que vous voulez de Forges, je m'en fous... J'en ai assez de la suivre comme cela partout, de m'inquiéter pour les péchés de son âme souillée de femme adultère...

Comme elle ne sait pas s'occuper d'elle, je vais faire comme pour toutes les autres œuvres d'art que je possède : je vais lui faire un bel écrin sécurisé, à l'abri de la convoitise, et d'où elle ne pourra pas s'échapper...

William

Nous nous sommes levés à l'aube comme à notre habitude. Pas si facile de casser notre rythme parisien...

C'est vrai aussi que faire un tour dans le jardin de bonne heure avec Tim me rassure. Je peux ainsi vérifier que tout est toujours calme et sous contrôle.

Une fois que mes devoirs de vigile sont accomplis, je me mets au piano, et ma musique aux notes jazzy remplit la maison de gaieté. Il fait beau, et Céline est en train de barboter tranquillement dans son bain. Mes doigts courent sur le clavier comme mes pensées sur le fil de ma vie...

Moi qui étais angoissé de vivre avec une femme, je dois dire que je suis très surpris. C'est vrai que mes exemples familiaux n'avaient pas été très enthousiasmants de ce point de vue. Je m'attendais à mourir d'ennui ou à avoir envie de fuir au bout de deux heures. Et contre toute attente, tout se passe étonnamment bien avec Céline. On apprend encore à se connaître bien sûr, mais on a déjà constaté que nous avions des façons similaires de voir la vie, tant sur la politique que l'éducation ou la culture. Du coup, nous pouvons débattre sans rentrer en conflits inextricables. Au contraire, on peut vraiment échanger d'une manière constructive, et j'avoue qu'avec le type de compagnes que je choisissais avant, discuter, débattre, cela ne m'était jamais arrivé.

Avant…

Avant Céline Bach…

Après Céline Bach…

Je pense à la façon qu'elle a de me répondre sans que je ne lui aie posé de question verbalement.

Je pense à la manière qu'elle a de me faire comprendre qu'elle a besoin d'un câlin, de son regard à ce moment-là qui me fait perdre complètement les pédales.

Je pense à son sourire, et à ces deux yeux d'or qui illuminent son visage quand elle est heureuse.

Je pense à nos moments de partage en cuisine, dont je me régale autant que des plats que nous préparons ensemble.

Je pense à toute la tendresse qu'elle met dans son nouveau rôle de maîtresse d'un chien, et je vois déjà que la bête l'aime plus que tout.

Je pense à tout ce que lui a fait subir Webber, toutes les privations, les humiliations, les maltraitances pour qu'elle devienne la parfaite image de ses désirs à lui.

Et ça… ça me tord le bide et le cœur…

À l'annonce du divorce, il aurait vraiment pu disjoncter, et comme le mari de mon ange, lui assener un coup de fusil pour qu'elle ne puisse pas avoir une vie sans lui.

Cela faisait longtemps que je n'avais pas pensé à mon ange, cette femme morte d'avoir aimé la mauvaise personne. Et instinctivement, mes doigts se mettent à jouer « *S'il suffisait d'aimer* » de *Jean-Jacques Goldman.*

Je joue le premier couplet en regardant le soleil briller dehors par la fenêtre du salon qui est sur ma gauche. L'instant est magique…

J'atteins le refrain, et contre toute attente, la voix de l'ange vient se connecter à ma musique…

Je sursaute, saisi par la surprise, mais continue de jouer malgré la panique qui commence à s'emparer de moi. Je ne suis pas ivre, ce coup-là, et l'entends parfaitement au loin, très doucement. Je peux même discerner la clarté de son timbre qui m'avait tant ému la première fois.

Et là, je comprends…

Je comprends que la voix vient de la salle de bain du haut et que mon ange… c'est Céline…

Alors malgré le trouble qui me fait trembler les mains, je ne m'arrête pas, m'accroche à la musique et l'entraîne avec moi dans le deuxième couplet. Les frissons parcourent mes bras et m'irradient des pieds jusqu'à la tête ; j'en ai presque les larmes aux yeux. J'ai de plus en plus de mal à respirer avec l'émotion qui a pris possession de tout mon corps. Seule la musique peut m'inspirer de tels sentiments. C'est tellement beau, à nouveau, mon piano et sa voix...

À la fin du morceau, la magie s'évapore et le silence reprend toute la place. Je prends deux secondes pour m'en remettre. Puis je saute sur mes pieds et cours la rejoindre...

Céline

Je suis tellement bien dans cette baignoire à me prélasser…

Je devrais peut-être m'en faire plus, mais avec mon commissaire à mes côtés, je me sens en sécurité et j'oublie mes soucis. Carl ne me fait plus peur, et ça, c'est une première.

Je suis dans mes pensées lorsque William déboule dans la salle de bain. Du coup, je sursaute et le regarde, prise de panique…

- Tu m'avais dit que tu ne chantais pas… me dit-il le regard grave et ses prunelles fixées aux miennes.
- Euh ! Oui… Ce n'est pas vraiment faux… Cela m'arrive de chanter dans ma voiture ou sous ma douche, voire dans ma baignoire…
- À Paris, il y a six mois… Tu avais chanté aussi quand j'ai joué « *S'il suffisait d'aimer* » de *Jean-Jacques Goldman*, n'est-ce pas ?

Je suis tellement abasourdie par la question que je prends quelques secondes de réflexion, puis lui réponds en baissant les yeux :

- Effectivement, c'était bien moi... Je n'avais pas trop le moral et je me suis assise dans ma salle de bain : c'est de là que j'entends le mieux le piano. Je ne pensais pas que la pièce contigüe était ta cuisine ouverte sur le salon, et que tu pouvais m'entendre...
- Oui... Nos systèmes de ventilation doivent être connectés à la même canalisation. C'est un vieil immeuble...
- Je suis désolée que tu m'aies entendue... Je ne voulais pas te déranger...
- Me déranger ?

Il s'approche de moi, s'agenouille près de la baignoire et prend mon visage entre ses mains.

- Ta voix magnifique m'a hanté pendant des mois... J'ai cru que c'était celle d'un ange...
- La voix d'un ange ? Tu rigoles là ?
- Bon, d'accord... J'avais beaucoup bu ce soir-là et je dois avouer que j'avais un peu perdu le sens des réalités... Mais j'ai été tout de suite charmé par ton timbre si clair.

Il s'interrompt en plongeant son regard dans le mien et me demande presque en murmurant :

- Si cela te dit, on pourrait se faire des duos de temps en temps... Moi au piano et toi au chant ?

Je ne réponds pas tout de suite, cherchant dans son regard s'il plaisante ou pas. Mais comme il reste immobile, presque inquiet par mon silence, j'acquiesce avec un sourire :

- Si tu veux... Avec grand plaisir...
- Tu ne peux pas savoir comme tu me rends heureux...

Il se penche alors pour déposer un baiser tendre sur mes lèvres. Mais comme d'habitude quand on commence, on a du mal à s'arrêter, et pendant qu'il m'embrasse, ses vêtements tombent les uns après les autres sur le sol. Il finit nu, dans la baignoire avec moi, pour un moment de partage... aquatique...

* * *

Je suis en train de finir de coiffer mes boucles quand j'entends Tim aboyer dehors. Je me dirige vers la fenêtre de la salle de bain : il est dans le jardin de devant, et je le vois courir vers le portail. Je regarde au loin et remarque une voiture qui arrive au pas sur le chemin. Je la reconnais tout de suite et la terreur me prend à la gorge. Je lâche la brosse que j'ai dans les mains et qui tombe sur le sol avec fracas, puis cours dans la chambre, ouvre la fenêtre et hurle :

- Wiiiill !

Il est au téléphone, certainement avec Simon qu'il appelle tous les matins très tôt avant que son voisin ne parte travailler. Il s'interrompt instantanément pour me regarder. La panique me coupe le souffle, et j'arrive tant bien que mal à hoqueter :

- La berline noire… Elle est en train d'arriver sur le chemin de devant…

- Simon… je te rappelle, lui dit-il froidement en raccrochant.

Sans avoir cessé de me regarder intensément, il m'indique la marche à suivre avec un sang-froid tel que je me laisse porter :

- Line, descends tout de suite dans la voiture. En passant, tu attrapes le sac à dos dans la remise et tu prends Tim avec toi. Attendez-moi dans la Jaguar tous les deux bien sagement, j'arrive…

Je ne prends même pas le temps de fermer la fenêtre, et cours dans l'escalier, file chercher le fameux sac dans le débarras et sors dans le jardin. William avait garé la *Jaguar* à l'arrière de la maison. Maintenant, je comprends pourquoi…

Je siffle Tim qui se retourne et, sans hésiter, vient me rejoindre à toute vitesse.

Je ne sais pas où est William, je ne l'ai pas croisé, mais je continue méthodiquement à faire ce qu'il m'a demandé. J'installe Tim à l'arrière de la voiture, me place sur le siège avant et boucle ma ceinture.

Tout est silencieux autour de moi, et je suis tellement stressée que j'ai l'impression d'entendre les battements de mon cœur cogner dans ma poitrine. Je ne perçois même pas le bruit du moteur de la berline noire...

Malgré les quelques minutes qui se sont déjà écoulées, William ne m'a toujours pas rejoint, et chaque seconde fait monter mon angoisse d'un cran. Tim le sent et se met à couiner. Je le caresse pour le déstresser, mais cela ne semble pas le calmer. Ma peur s'amplifie de manière incontrôlable, et mes yeux commencent à me piquer.

« *Pourquoi William n'est toujours pas avec moi ?* »

Je ne veux pas l'appeler : je ne sais pas où il est, et ne veux pas le mettre en danger. Alors je prends mon mal en patience et attends comme il me l'a demandé. J'ai les poings tellement serrés que je peux voir les marques de mes ongles dans les paumes de mes mains.

J'ai froid...

Dans ma cavalcade, je n'ai pas pensé à prendre un manteau et je suis juste en chemise, ce qui est peu compte tenu de la température matinale qui ne dépasse pas les dix degrés. Entre la fraicheur et la peur, je suis secouée de tremblements.

« William, bon sang, mais qu'est-ce que tu fous... » ne puis-je m'empêcher de murmurer...

Maintenant, j'entends clairement le bruit du moteur de la berline s'approcher de la maison. Je me plie en deux et mets ma tête dans mes genoux : ainsi on ne pourra pas me voir depuis l'extérieur de la voiture. Les larmes dévalent à présent en silence sur mes joues…

Puis la déflagration d'un coup de feu me coupe net la respiration… Le deuxième tir me semble très rapproché, et je plaque ma bouche contre ma cuisse pour étouffer mon hurlement.

« *Mon Dieu… Pas William… Pas William…* » prié-je impuissante devant les évènements.

Le troisième coup de feu, accompagné d'un bruit d'explosion, me tétanise, et je n'arrive même plus à crier. Je ne suis plus qu'une boule de terreur recroquevillée dans une voiture, et me sens totalement dépassée. Je ne peux même pas consoler Tim dont les aboiements incessants témoignent de sa panique.

Toujours seule dans cette voiture, je prends conscience à cet instant, que si William n'est plus de ce monde, alors plus rien n'aura d'importance sur cette terre : Carl pourra faire de moi ce qu'il voudra.

J'aurais déjà trop cher payé mes tentatives de vie sans lui…

Extraction

William

De loin, je vois un type descendre de la berline noire, s'avancer vers le portail, hésiter, puis remonter dans le véhicule. Il avance alors doucement et d'un coup de pare-chocs, fait sauter la serrure qui n'est pas bien solide. Il s'engage ainsi sur le chemin vers la maison. Je ne comprends pas bien sa tactique car il est totalement à découvert. Il doit certainement miser sur le fait qu'on doit être encore couchés à cette heure-ci...

De mon côté, je reste tapi derrière le buisson épais qui me sert de planque. De là où je suis, je peux sans problème lire sa plaque : les numéros correspondent à ceux de la *Mercedes* qui a agressé Céline, il y a trois jours. Je n'ai donc plus aucun doute sur les intentions de l'intrus qui arrête maintenant son auto près de la maison.

Alors sans lui laisser le temps de réagir, j'arme mon fusil, me lève et vise les pneus de la voiture : je dégomme l'avant droit et l'arrière droit en deux coups très rapprochés. D'un réflexe, il se plaque sur les sièges avant, alors je n'hésite pas et fais exploser son pare-brise par un troisième tir.

Je pourrais m'avancer pour essayer de l'interpeller, mais je l'entends armer son flingue. Je sais que si je devais être blessé, l'espérance de vie de Céline serait très mince. Je n'attends donc pas qu'il riposte et cours à l'arrière de la maison où mes deux compagnons de planque m'attendent bien sagement dans la voiture. Si Tim trépigne en me voyant, Céline, quant à elle, est prostrée la tête dans les genoux.

Elle sursaute et se redresse d'un coup lorsque je plonge littéralement dans la *Jaguar*. La frayeur dans son regard se mue en soulagement lorsqu'elle me voit. Ses yeux d'or noyés dans des larmes semblent scotchés à moi comme si j'étais un fantôme...

- Line... Tout va bien...

Je prononce ces paroles censées être rassurantes en démarrant en trombe et en regardant dans mon rétro le sale type s'avancer un révolver à la main.

« Baisse toi ! »

Ce sont les seuls mots que j'ai le temps de crier avant que le coup de feu n'éclate. Céline m'obéit dans un réflexe de survie et hurle en entendant la détonation, suivie de peu par le choc qui fait exploser mon rétro de droite.

Je fais vrombir le moteur de la *Jaguar* : le douze cylindres est notre seule planche de salut.

Le second coup de feu ne nous atteint pas, tout comme le troisième...

Je regarde Céline, repliée sur elle-même, les bras en guise de protection autour de sa tête. J'entends juste les sanglots qu'elle tente désespérément d'étouffer.

Finalement, heureusement qu'il y avait cette issue à l'arrière de la maison. J'y avais garé la voiture par pure précaution ; j'ai bien fait d'avoir suivi mon intuition sur ce coup-là...

Au bout d'un bon kilomètre, nous atteignons la fameuse barrière. Je sors de la voiture précipitamment et ouvre le portail à la hâte. Puis je reprends la route au hasard sans même le refermer...

* * *

- Line, ma puce... C'est fini... On est en sécurité maintenant... Je dois appeler Simon... ça va aller ?

Je lui parle avec toute la douceur dont je suis capable à cet instant. Les fusillades, j'en ai connu plus d'une avec mon métier. Mais pour elle, cela ne fait aucun doute que c'est la première fois qu'elle se trouve sous le feu des balles, et je vois bien qu'elle est dans un état de stress intense. Elle est encore incapable de me parler, mais me fait un signe de la tête pour acquiescer.

Je sors mon portable de la poche de mon pantalon et lui tends :

- Tu veux bien relancer le dernier appel pour moi et le mettre en « mains libres », s'il te plait ?

Elle s'exécute mais ce n'est pas si simple pour elle, étant donné l'état de tremblement de ses mains. Après quelques secondes, la voix familière de mon ami me réconforte malgré son ton de reproche :

- Merde ! William ! Qu'est-ce qu'il s'est passé pour que tu raccroches comme ça ? J'étais mort d'inquiétude, figure toi...
- Le type à la berline s'est pointé au gite. J'ai mis sa caisse hors d'état de nuire. Il a riposté mais on a pu prendre la fuite... Il a juste explosé le rétro de droite de la *Jaguar* de mon père. On est sains et saufs... C'est tout ce qui compte...

On reste alors tous les deux muets quelques secondes pour évacuer de nos esprits les scenarii aux issues tragiques auxquels Céline et moi avons échappé...

Reprenant mon rôle de flic, je demande à Simon d'envoyer une équipe sur place, pour tenter de coffrer le gars. Mais je suis lucide et sais déjà qu'il se sera évaporé. Au moins, il nous restera la voiture à analyser.

- Simon... Putain... Comment ils nous ont retrouvés ?
- Je ne sais pas... Au fait, j'ai peut-être une piste grâce à la caméra de la salle de bain. Elle fait partie d'un lot qui avait été acheté par une société spécialisée en domotique et qui équipe des programmes immobiliers de luxe.
- Effectivement, le cabinet de Webber étant spécialisé dans ce domaine, il est tout à fait pertinent de suivre cette piste...

Après quelques secondes de silence, Simon reprend le fil de ses réflexions, d'une voix qui témoigne de son léger découragement. :
- On a fait tellement gaffe pour ne pas qu'ils vous retrouvent que je ne sais vraiment pas où on a foiré... Il ne lui a quand même pas fourré une balise GPS dans sa petite culotte...
- Simon... Céline t'entend...

Et malgré toute la gravité de la situation, elle esquisse un sourire.

- Ah ! Pardon Céline... s'excuse Simon d'un ton gêné qui me ferait presque rire...

À l'approche du village suivant, je lève le pied.

Mais la dernière réflexion de Simon continue de parasiter mes pensées :

« *Une balise GPS dans sa petite culotte...* »

Non, j'avais vérifié toutes ses affaires, notamment son slip et son soutien-gorge qui sont rentrés avec nous au gite. Nous avions laissé le reste de ses vêtements ainsi que ses chaussures dans un conteneur de recyclage sur le parking du supermarché à Compiègne.

Je me concentre sur la route deux minutes : je traverse un centre-ville, et il y a un peu de circulation, notamment un type qui est en train de faire une marche arrière pour sortir du parking d'un vétérinaire. Je m'arrête pour qu'il manœuvre en le maudissant. Mais une idée me vient à l'esprit, alors une fois qu'il a dégagé, je prends sa place.

- Simon... On te rappelle plus tard...

Je prends le téléphone des mains de Céline qui a les yeux écarquillés par la surprise...

- Aller Tim ! On va chez le véto...
- Pourquoi faire ? Il a déjà eu tous ses vaccins...
- Viens... Tu vas comprendre...

* * *

On se retrouve à patienter dans la salle d'attente du vétérinaire. Heureusement qu'il n'y a pas beaucoup de monde, et que ma carte de flic est un vrai passe-partout. Tim a été promu chien policier, et j'ai raconté à la secrétaire que j'avais peur qu'il ait ingéré du poison lors de notre enquête en cours.

La fille est apparemment ravie que quelque chose d'exceptionnel vienne animer sa matinée, et bouscule tout son calendrier pour nous, appelant même le client suivant pour reprogrammer son rendez-vous à un autre moment.

La porte de la salle d'examen s'ouvre sur un couple qui en sort avec une caisse contenant un chat. Ils saluent l'assistante et la remercie avant de prendre le chemin du retour et de passer devant nous. C'est alors que Tim saute sur la caisse en grognant, et n'ayant pas venu le coup venir, je le rattrape de justesse. Les maîtres du félin me fusillent du regard, et je leur présente mes plates excuses en bafouillant. Intérieurement, je me dis qu'avec le Virgile de Céline, ce n'est pas gagné…

Je croise son regard et je m'aperçois qu'elle se retient de rire… Au moins cette petite incartade lui aura redonné momentanément le sourire.

La vétérinaire nous appelle et nous accueille poliment en nous invitant à rentrer dans la salle d'examen.

- Alors Tim… Tu es un vrai chien policier ? commence-t-elle en caressant la bête ravie de cette marque d'intérêt.
- Pour être totalement franc… Non…

Je sors à nouveau ma carte de flic, pour qu'elle me prenne au sérieux malgré mon petit mensonge…

- Je suis en mission de protection de la charmante dame qui m'accompagne.

Seulement voilà, j'ai l'impression que les personnes qui la recherchent ont toujours une avance sur nous et je voudrais que vous m'aidiez à vérifier quelque chose...
- Je suis véto, vous savez, je ne sais pas si je peux vous être utile...
- Vous avez ces appareils pour lire les puces électroniques des animaux ? Peut-être que l'appareil pourrait détecter une balise GPS ? Je n'ai pas dit la lire, mais au moins réagir à son signal ?
- Je n'en ai pas la moindre idée... Vous pensez qu'on a installé une balise GPS sur Madame ?
- Je ne vois pas comment ils auraient pu nous retrouver autrement ...
- Déjà, il faut l'installer... Madame, pouvez-vous nous dire si vous avez eu des points de sutures dernièrement ? Des opérations ? demande la vétérinaire en se tournant vers Céline.
- Effectivement, j'ai été opérée plusieurs fois au niveau du ventre... répond Céline un peu décontenancée par ma requête.
- Et vers la tête ? Le haut du corps ? Rien...
- Non... Ah ! Si... Lors de ma dernière opération, il y a eu un petit accident à l'hôpital, apparemment en me transportant, et j'ai eu un petit point derrière mon oreille droite... Le professeur qui m'a opérée était d'ailleurs très confus...

La vétérinaire sort son lecteur d'un placard et l'approche de l'oreille de Céline. Celui-ci grésille mais n'en dit pas plus.

- Venez avec moi, je vais vous faire une échographie.

On la suit donc à l'arrière du cabinet, dans une autre salle, borgne et remplie d'appareils médicaux. Je reste un peu à l'écart car je tiens Tim en laisse. On entend clairement d'autres chiens aboyer, certainement convalescents et en cage, alors je ne veux pas semer la zizanie dans la clinique avec mon Tim surexcité. Heureusement ce fût rapide : il ne suffit que de quelques secondes à la vétérinaire pour voir à l'écran la petite pièce métallique implantée sous la peau.

Je remarque alors immédiatement les yeux de Céline s'embuer. Elle se retient de pleurer. Les bras ballants le long du corps, elle semble décomposée.

- Docteur... Est-ce que vous pouvez lui enlever ? lui demandé-je avec l'espoir d'avoir une réponse positive.
- Je ne pratique jamais sur les humains. Mais j'ai l'impression que c'est plutôt urgent de vous ôter cela... Pas vrai ?
- Effectivement, si vous pouviez me retirer cette balise, je vous en serais très reconnaissante, lui répondit Céline d'un ton implorant.
- Avez-vous une idée de qui vous a fait cela ? lui demande la vétérinaire curieuse.

- Mon ex-mari... Il était très ami avec le chirurgien qui m'a opérée, il y a maintenant six ans.
- Je vois... dit-elle en baissant les yeux.

Le silence gagne la pièce et la vétérinaire commence à préparer tous ses ustensiles. Puis elle s'absente pour chercher les produits anesthésiants.

À ce moment-là, je ne peux m'empêcher d'approcher et de serrer Céline dans mes bras. On savait que Webber n'était pas net : mais là, c'est du délire...

Je prends son visage délicatement dans mes mains. Mon geste lui fait échapper une larme que j'efface immédiatement d'un doigt. Je profite alors de ces quelques secondes d'intimité pour l'embrasser. Elle répond à mon baiser avec un abandon dont je mesure toute l'importance : elle compte sur moi pour l'aider, et je dois tenir le coup jusqu'au bout...

Les pas de la véto dans le couloir nous forcent à reprendre de la distance. Je sens Céline légèrement inquiète, mais je peux lire à présent aussi de la détermination dans son regard. Finalement, je perçois cette balise comme un espoir : entre l'objet en lui-même et le médecin qui a dû lui implanter, Simon va bien réussir à trouver un lien pour relier Webber à toute cette affaire.

La vétérinaire qui a enfilé une tenue chirurgicale avec bonnet, gants et masque, entre dans la pièce. Elle s'adresse à Céline :

- Quel est votre prénom ?
- Céline.
- Vous voulez bien vous allonger sur la table, Céline, en vous positionnant sur le côté ? Parfait... Je vais vous mettre un champ, et on commence ?
- D'accord... répond la patiente dans un murmure.

La vétérinaire désinfecte la peau puis attrape la seringue et le produit anesthésiant.

Je détourne la tête...

Je ne suis pas sensible habituellement, mais là, il s'agit de Céline : voir quelqu'un approcher d'elle avec une aiguille à la main m'est insupportable...

Alors je me concentre sur Tim, qui ressent mon stress et s'agite un peu. Je le caresse et lui parle doucement pour le rassurer...

Mais ne suis pas dupe : c'est bien moi que je cherche à rassurer au moment présent...

Céline

Je suis allongée sur la table d'opération d'une vétérinaire de campagne.

Si on m'avait dit qu'un jour, un véto m'extirperait de mon crâne une balise GPS miniaturisée, j'aurais sûrement éclaté de rire…

Cependant, à l'instant, je suis juste recroquevillée sur moi-même, humiliée d'avoir été traitée comme un vulgaire bestiau par mon ex-mari. C'est sûr que s'il me l'avait demandé, j'aurais refusé cet implant. Je ne sais même pas si c'est légal…

Je fais la grimace car la piqure du produit anesthésiant est faite à un endroit sensible de ma tête, juste derrière l'oreille. Mais après quelques minutes, je ne sens plus rien aux tests que réalise la vétérinaire. Je sais qu'elle stresse, elle aussi : je ne suis pas le genre d'animal qu'elle a l'habitude d'opérer…

J'ai vu dans son regard qu'elle avait compati à mon histoire et je mesure toute l'importance de son geste qui me sauve certainement la vie. Bien que cela ne me fasse pas souffrir, je sens tous ses gestes, notamment lorsqu'elle retire la balise puis referme la plaie avec un point. Elle essuie la petite pièce métallique et la tend à William :

- J'espère que cela vous aidera à mettre la main sur ce salaud… lance-t-elle d'un ton agacé.
- Merci beaucoup… Oui, je l'espère bien. En tous cas, on ne s'arrêtera pas tant qu'on n'aura pas le ou les coupables sous les verrous. Vous pouvez me faire confiance… répond William déterminé.

Placée comme je suis sur la table, je ne l'ai pas dans mon champ de vision, mais je perçois sa présence près de moi, et c'est tout ce qui compte. Heureusement qu'il est là. Sans lui, je serai sans doute morte sur l'autoroute ou sur une autre route de campagne, quelques jours plus tard…

La vétérinaire me fait un pansement et me demande de prendre mon temps pour me lever. Puis elle hôte ses gants, son masque et rejoint son bureau où elle me prescrit des médicaments au nom de Tim :

- Ce sont des antibiotiques qui sont utilisés pour les hommes comme pour les animaux. Je mets la dose pour Tim afin que cela ne pose pas de problème à la pharmacie, mais je vous ai mis la correspondance pour vous sur cette carte, me dit-elle en tendant un carton blanc à William. J'ai juste rallongé la durée pour Tim afin qu'on vous en délivre assez pour vous.
- Merci beaucoup, Docteur… C'est vraiment généreux de votre part de m'avoir aidée et je ne sais pas comment vous remercier…

ne puis-je m'empêcher de lui dire en fixant mon regard au sien pour lui faire passer toute ma reconnaissance.
- Vous n'avez pas à me remercier. J'espère surtout que votre vie pourra prendre ainsi un nouveau départ, me dit-elle avec un sourire plein d'espoir.
- Mesdames, il faut qu'on se sépare vite… Je ne voudrais pas qu'on attire l'attention sur le cabinet. Si on vous pose des questions, vous pouvez dire que vous êtes intervenue sur Tim : on a déjà dit à votre assistante qu'on avait peur qu'il ait avalé du poison. Et surtout, à la moindre inquiétude, vous appelez ce numéro, dit William en griffonnant les chiffres sur le dossier de Tim. Simon est mon coéquipier, et il saura vous aider… Je vais lui demander qu'on fasse jeter un coup d'œil au cabinet tant que l'affaire n'est pas réglée… intervient William avec son autorité naturelle.

Quand c'est le commissaire qui parle, on ressent sa force et son courage. À cet instant, je suis tellement fière d'être la femme qui l'accompagne…

- Je vous remercie, Commissaire. Prenez bien soin de Céline…
- Comptez sur moi ! lui sourit William.

Je la quitte à regret, avec un petit signe de la main. Effectivement, cela fait bientôt une heure que nous sommes là, et William a raison : nous la mettons en danger.

Avant de quitter le village, je me rends à la pharmacie pour acheter les médicaments et de quoi changer le pansement. Pendant ce temps-là, William appelle Simon pour lui faire un débriefe complet des derniers évènements. Heureusement qu'il est midi passé, et qu'il peut le joindre au café.

Dès que je remonte dans la Jaguar, William, déjà installé au volant, démarre, et nous reprenons notre route vers... je ne sais où...

Je ne peux m'empêcher d'exploser :

- Non, mais tu te rends compte de ce qu'il m'a fait... Tu ne vas pas dire que cela peut être quelqu'un d'autre... Me traiter ainsi... Nous sommes plus respectueux avec Tim que Carl ne l'a jamais été avec moi... Quel malade !
- Ne t'inquiète pas... C'est l'erreur de trop qui va le compromettre. Il ne l'emportera pas au paradis... dit William avec un calme contenu mais dont je perçois toute la colère...

* * *

Au village suivant, William se gare et me demande de rester dans la voiture. Il arrête un couple d'amoureux qui n'a pas plus de vingt ans, emprunte le portable de la jeune femme, fait plusieurs photos de la balise GPS, puis semble les envoyer par SMS ou mail...

De retour dans la voiture, je l'interroge :

- Will, tu as envoyé des photos de la balise à Simon ?
- Oui, mais par le biais de l'amie de Lili. On avait vraiment bien fait d'être parano : cela nous a surement fait gagner un peu de temps. Maintenant, tant que la balise est opérationnelle, et que nous l'avons avec nous, le type à la berline va pouvoir nous retrouver sans problème.
- On ne pourrait pas retrouver à qui elle émet les informations ? demandé-je pleine d'espoir.
- Simon va essayer mais honnêtement, j'ai des gros doutes sur le fait qu'on puisse... Les personnes qui t'ont fait cela sont loin d'être des amateurs.
- Ce serait tellement bien s'il arrivait à...

C'est à ce moment-là que la *Jaguar* me coupe la parole en émettant une sonnerie. Je tourne la tête vers William prise de panique :

- Elle a soif... me répond-il avec un sourire.

Je souffle en levant les yeux au ciel et lui sourit à mon tour. Oui, tout ne peut pas être une catastrophe...

Nous nous arrêtons à la station-service suivante que nous croisons sur notre route. J'en profite pour sortir Tim et faire une pause technique moi aussi...

Quand je reviens, William est en discussion décontractée avec le routier qui fait le plein en même temps que lui et qui est apparemment très admirateur de notre belle anglaise sur quatre roues.

Quand je remonte dans la voiture, William me regarde avec un air réjoui :

- J'ai fait une belle rencontre... Sergio, grand admirateur de *Jaguar* et... routier.
- Sympa !
- Et sais-tu où vas Sergio ?
- Non...
- À Malaga...

Je le regarde et comprends immédiatement que la balise qui ne m'a pas quittée depuis ces six dernières années, va aller faire un petit tour en Espagne...

J'éclate de rire, soulagée...

- Comment as-tu fait ?
- Quand il a eu le dos tourné, j'ai jeté la balise dans la cabine...
- J'espère qu'il ne va pas avoir des ennuis... m'inquiété-je.
- Non... Cela va juste nous laisser quelques heures de répit avant que le type à la berline s'aperçoive qu'on l'a berné.
- Ah ! Tu crois... seulement que quelques heures... dis-je un peu déçue.
- Malheureusement oui... Mais cela va surtout nous permettre d'élaborer notre

prochaine tactique pour les obliger à faire une erreur. En attendant, on va se trouver une chambre d'hôtel, ou un « Bed and breakfast » à Chantilly. Ce n'est pas très loin d'ici, et on se rapproche de Paris.
- Tu sais qu'il va falloir se racheter des vêtements et des produits de toilette...
- Oui, je sais... On s'arrêtera dans un supermarché. Mais maintenant, je suis sûr qu'il n'y en a plus pour longtemps. Avec toutes les preuves qu'on accumule, je pense que Simon va pouvoir boucler l'affaire rapidement.

Il se penche vers moi, et nos lèvres se rejoignent... jusqu'à ce qu'un klaxon de voiture nous remette les pieds sur terre.

On bloque une pompe à s'embrasser ainsi...

Alors on éclate de rire, et William démarre la voiture, direction Chantilly...

Carl

Décidément, Forges se révèle être un adversaire de taille comme rarement j'en ai croisé. Dans un autre contexte, j'aurais certainement apprécié notre duel. Mais là... je fulmine...

Ce commissaire de quartier a mis la voiture de Franck hors d'usage. Malgré l'utilisation de fausses plaques, j'ai peur qu'on découvre qu'elle appartient à une société immobilière dont je suis l'actionnaire majoritaire et qu'on me relie rapidement à cette affaire...

« *Comment est-ce que Franck a pu se faire avoir comme ça ? Excès de confiance ?* »

Mes pensées me torturent...

Il a tellement envie de mettre la main sur Céline qu'il ne prend même pas le temps de réfléchir, et sa précipitation nous met tous les deux en danger. Il ne sait pas suffisamment garder son sang-froid... à l'inverse de moi.

Je lui avais pourtant dit de se méfier de ce flic sournois. Si Céline s'est entichée de lui, c'est qu'il doit certainement en valoir le coup. Elle a toujours aimé les hommes brillants...

Même si j'avoue que son deuxième choix, ne restera jamais qu'un deuxième choix...

Mon téléphone sonne : Franck... Pas trop tôt !

- Allo ! Maître Webber ?
- Franck... Mais qu'est-ce que vous avez fichu, nom d'un chien ? Vous vous rendez compte dans quel pétrin vous nous avez mis ?
- Je suis désolé... J'ai vraiment cru que la maison était déserte... La *Jaguar* n'était pas visible. En fait, ils l'avaient planquée derrière la maison...

Il marque une pause, sentant la tension peser entre nous, puis reprend la conversation, cherchant visiblement à se faire pardonner...

- J'ai réussi à me dégoter une nouvelle voiture... Je l'ai réservée via internet avec les coordonnées de mon cousin. Ce n'est qu'une petite citadine, mais cela me convient parfaitement.
- Bon... Je surveille la balise depuis ce matin. Je me connecte à peu près tous les quarts d'heure juste pour voir où ils sont, et me déconnecte immédiatement après pour ne pas qu'on remonte jusqu'à nous. Apparemment, ils semblent revenir sur Paris. À croire qu'ils n'ont pas apprécié leur séjour à la campagne...

J'ironise histoire de ne pas perdre la face. Mais je me reconcentre aussitôt sur les détails de notre poursuite :

- Ils se sont arrêtés dans un village, et si je me fie aux coordonnées GPS recueillies à ce moment-là, chez un vétérinaire apparemment... Cela me paraît bizarre...
- Ils ont un chien avec eux. Un berger allemand... précise Franck.
- Forges possède un chien ? Étonnant... Avez-vous blessé l'animal dans la fusillade ?
- Il ne me semblait pas... Mais le rétro de droite de la *Jaguar* a été pulvérisé... Il a peut-être paniqué, et ils ont eu besoin de calmants...
- En effet, c'est une possibilité... Ils ont ensuite pris de l'essence. C'est que cela consomme un moteur V12... me moqué-je. Ils ne se servent toujours pas de leurs cartes bancaires, mais ils doivent commencer à être à court de liquidités, car ils ont nettement réduit leur vitesse. Forges doit essayer de baisser sa consommation... J'en déduis qu'ils ont prévu d'aller certainement plus loin que la région parisienne. Les parents de Forges habitent sur la Côte d'Azur, non ?
- Effectivement, ils vivent à Cannes.
- Il ne mettrait pas ses parents en danger... Mais peut-être a-t-il des connaissances là-bas ?
- Je ne sais pas, Maître...

- Cela m'aurait étonné... lui asséné-je froidement. Bon, on va arrêter les frais pour ce soir. Trouvez-vous un endroit pour passer la nuit. Dormez, et on continuera la poursuite demain matin à partir de six heures. Et en attendant, vérifiez et notez où ils en sont, puis coupez-moi le signal de la balise pour réduire les risques jusqu'à demain matin.

Je raccroche sans plus de civilité et sans attendre de réponse de sa part.

Mais cela a toujours été ainsi dans notre binôme : je suis la tête, il est les jambes...

Chantilly

William

Sur la route de Chantilly, nous avons été attentifs aux panneaux publicitaires des hôtels, gites et autres établissements pour dénicher notre logement jusqu'à demain. Je n'envisage pas d'y rester plus longtemps car notre cavale doit se terminer. Depuis le début, nous subissons les agressions mais avec la découverte de la balise GPS sur Céline, la contre-attaque a commencé.

Nous avons réussi à trouver un petit studio dans une maison de campagne. Les propriétaires étaient ravis de cette location d'opportunité. Ils n'ont pas fait les difficiles avec Tim, alors on s'est installés. Enfin, « installés » est un bien grand mot car nous n'avons rien. Dans notre fuite de ce matin, nous n'avions récupéré que l'essentiel : le sac à dos avec les papiers et l'argent que je tenais toujours prêt au cas où. Et l'histoire m'en a donné raison…

J'avais aimé vivre dans cette maison de Saint-Jean-aux-Bois, au milieu de la nature. Ces trois jours avaient presque eu le goût du paradis. Et ce soir, dans ce studio charmant mais étroit, j'en ai la nostalgie…

* * *

Nous sommes devenus un tandem très performant au supermarché : elle s'occupe du nécessaire en produits de toilette et vêtements de base, pendant que je prends en charge la partie ravitaillement. En vingt minutes, tout est bouclé.

Une fois revenus au studio, l'installation est quasi militaire : chacun sachant pertinemment quoi faire pour que notre besoin d'ordre réciproque soit satisfait.

Je la rejoins alors sur la terrasse avec deux verres de vin blanc à la main en guise d'apéritif. Elle se tient debout près de la table et des deux chaises qui meublent l'extérieur.

- C'est sympa ici aussi, mais j'aurais préféré pouvoir rester dans la maison au fond des bois, me dit-elle.

Je comprends alors que nous partageons la même mélancolie pour ces derniers jours dans notre jardin d'Éden.

- Oui… C'était une vraie maison de vacances…

- Des vacances… un peu rudes quand même à la fin, ironise-t-elle.

Elle pose son verre sur la table, me retire le mien des mains pour le déposer à côté du sien et vient se réfugier dans mes bras.

- Qu'est-ce que je serais devenue sans toi, Will ? Je serais sans doute morte à présent…

Elle me regarde et la tristesse de ses yeux me serre la poitrine. Je lui caresse ses boucles blondes décoiffées par cette journée de terreur. Je soulève ses cheveux et jette un coup d'œil au pansement présent derrière son oreille.

- Ça va ? Pas trop mal ? demandé-je avec tendresse.
- Non, c'est supportable… J'ai acheté du paracétamol à la pharmacie, si jamais cela devenait trop douloureux.

Je n'ai pas envie de parler davantage, alors…

Je l'embrasse histoire de faire disparaître le monde autour de nous.

Je l'embrasse pour la ressentir dans tout mon être parce que j'en ai besoin.

Je l'embrasse pour lui faire comprendre qu'aujourd'hui, il n'y a rien de plus précieux sur cette terre… qu'elle pour moi.

Céline

Il n'y a pas de mystère : le réconfort de cette journée, je l'ai trouvé dans les bras de William. Lui seul sait faire disparaître les démons qui me terrifient pour me permettre de décompresser. Son corps a ce pouvoir de me faire oublier toutes les laideurs qui nous entourent, pour ne plus m'en montrer que douceur et plaisir.

Mais je sais qu'en réalité c'est plus profond que cela, et je n'envisage pas que notre aventure s'arrête à la fin de notre cavale. J'ai l'impression que nous sommes sur une sorte de chemin de croix où chaque étape nous rapproche, chaque difficulté nous soude, chaque bonheur nous nourrit. Je connais sa peur de la vie à deux. J'espère que ces derniers jours lui auront montré qu'ensemble elle pourrait être différente de ce qu'il imagine, et tellement merveilleuse.

C'est vrai aussi que cette période n'est pas ordinaire avec le danger qui rôde autour de nous, et tous les mystères relatifs à l'enquête. Finalement, je me demande si le commissaire qu'il est n'est pas plus attaché à l'aventure que nous vivons qu'à l'aventurière elle-même. Une fois ce chapitre clos, est-ce que ma petite vie sans histoire de développeuse de sites Web saura encore le séduire ? Quand j'y réfléchis, je tremble d'en connaître déjà la réponse, et qu'elle n'aille pas dans le sens de ce que me crie mon cœur...

En attendant, je ne veux pas y penser et je profite de ces moments de pure sérénité où nous nous rapprochons sans artifice. Parfois j'ai l'impression que nous cherchons à nous guérir de nos blessures par le corps de l'autre. Je grave dans ma mémoire ces instants où essoufflés, nous cherchons juste des caresses réciproques et apaisantes, où nous nous regardons en silence, étonnés et souriants de voir ce que la vie peut encore nous réserver à nos cinquante ans passés.

Et je me repais de ses bras qui savent si bien me créer un écrin de sécurité pour me laisser sombrer dans un sommeil réparateur.

* * *

Quand je me réveille, la nuit est déjà tombée.

William est assis à la table de la cuisine avec tout un tas de papiers devant lui et semble très concentré.

Sans le déranger, je file sous la douche et m'habille en vitesse pour le rejoindre. Quand je pénètre dans l'espace de la cuisine, il est au téléphone avec Simon :

- Bon, je récapitule les avancées de l'enquête... Point numéro un : la caméra miniaturisée fait bien partie d'un lot qui a été vendu à un programme immobilier dont s'occupe le cabinet Webber. Il y a quelques mois, elle a été dérobée sur un chantier avec trois autres exemplaires du même modèle.

Point numéro deux : grâce à son numéro de châssis, on a trouvé que la berline noire fait bien partie d'un parc d'une société dont Carl Webber est actionnaire majoritaire.

Point numéro trois : le chirurgien qui a opéré Céline s'est mis à table et a bien confirmé que c'est à la demande de Carl Webber qu'il a placé sur Céline la balise GPS, fournie par Carl Webber lui-même, contre dix mille Euros en cash. La raison qu'il avait invoquée à l'époque était la peur de l'enlèvement.

Et enfin, point numéro quatre : l'enquête de routine sur les proches de Webber a révélé que Barbara, la secrétaire dévouée, a une cousine qui travaille au commissariat du Xe à Paris. C'est certainement par ce biais que Webber a accès, sans aucun problème, à des informations confidentielles sur Céline ou d'autres personnes d'ailleurs.

Bon, les points négatifs sont que malheureusement Carl Webber a un alibi pour la tentative de meurtre sur l'autoroute, et ce n'était pas lui, non plus, qui nous a tiré dessus à Saint-Jean-aux-Bois...

En écoutant leur conversation, une idée me vient à l'esprit, alors je les interromps :

- Au fait Will, je ne t'ai pas demandé, mais tu peux me décrire l'homme à la berline ?
- Un type de taille moyenne, plutôt originaire du Sud, genre italien ou espagnol, avec les yeux et les cheveux foncés. Il portait un pantalon noir et un blouson en cuir de la même couleur.
- Avait-il les cheveux gominés ?
- Effectivement.
- Pas de barbe ?
- Non, pas de barbe… Tu sais qui c'est ?
- Je me doute… Cela doit être Franck, un de ses gardes du corps, son chouchou. Je suis arrivée dans la vie de Carl après lui et j'ai toujours eu l'impression d'avoir affaire à un petit frère jaloux qui ne supportait pas de devoir partager son père avec une tierce personne…
- Intéressant… Simon, tu sais qui c'est ce Franck ? Tu as une idée de son emploi du temps ?
- Non… Frank comment ? C'est bizarre… Je n'ai pas ce prénom-là dans la liste des employés de maison, ni du cabinet d'ailleurs…
- Je ne connais pas son nom de famille… suis-je bien obligée de reconnaître.
- Bon… Je vais étendre mes recherches… souffle Simon un peu découragé.
- On avance à petits pas mais on avance quand même… dit William en essayant de

positiver. Maintenant, il faut élaborer un stratagème pour faire sortir Webber de ses gonds et l'obliger à faire une faute. Je ne veux pas seulement le coffrer pour t'avoir placé une balise GPS... Qu'est-ce qu'il ne pourrait pas supporter ?
- Que je quitte le pays pour une destination où il ne pourrait plus avoir de prise sur moi... J'y ai songé à plusieurs reprises mais j'ai manqué d'opportunités. On ne peut pas décider sur un coup de tête de s'installer aux USA...
- Admettons qu'on trouve une idée, comment peut-on lui faire passer le message ? s'interroge William.
- Simplement, par le biais de sa secrétaire, non ? lui proposé-je.
- Oui... Pourquoi pas... J'ai une idée qui va le faire disjoncter... nous dit William avec un brin de malice dans le regard...

Carl

On frappe à la porte de mon bureau en milieu de matinée, et au son, je sais tout de suite qui cherche à me solliciter :

- Entrez Barbara !
- Je peux vous déranger deux minutes Maître Webber ?
- Je vous en prie...
- Ma cousine, qui travaille au commissariat du Xe, m'a rapporté une nouvelle futile que, je ne sais pour quelle raison, je dois partager avec vous...
- Je vous écoute...
- C'est à propos du commissaire Forges, vous savez, celui qui est venu vous voir la semaine dernière... On ne sait pas si cela a de l'importance, mais il aurait annoncé son mariage confidentiellement à quelques collègues, lance-t-elle en attendant de voir ma réaction.
- Ah, oui ? Grand bien lui fasse... dis-je d'un air que je souhaite détaché. Et a-t-il donné le nom de sa future épouse ?
- Non, Maître... Mais apparemment, ils ont prévu de partir à Las Vegas pour se marier au plus vite. Tout le monde est surpris qu'il se marie car c'était un célibataire endurci, un sacré coureur de jupons, paraît-il...

Enfin, il a peut-être juste rencontré la perle rare…

Je ne sais pas comment réagir à cette nouvelle… Et pour avoir trouvé la perle rare, à n'en pas douter, il l'a trouvée…

- Je vous remercie Barbara pour cette information. Même si pour l'instant, cela n'a pas grand intérêt pour moi.
- Comme vous le connaissiez, j'ai quand même pris la peine de vous prévenir… On ne sait jamais…
- C'est pour cela que vous m'êtes précieuse Barbara… la complimenté-je avant qu'elle ne prenne congés.

J'ai quand même un doute : est-ce que cette annonce est fallacieuse, juste faite pour me rendre fou ? Ou est-ce vraiment la réalité et va-t-elle réellement s'engager avec lui ?

Bon sang… son abandon du serment qu'elle a fait devant Dieu il y a vingt ans m'est incompréhensible et me met totalement hors de moi.

Le mariage est un acte sacré. J'ai été élevé dans cette croyance qui a toujours fait partie intégrante de mon être. Elle le savait en m'épousant. Je l'avais prévenue qu'il était primordial pour moi qu'elle respecte ma foi. Elle me l'avait promis…

Comment peut-elle maintenant faire cet affront à notre Seigneur ?

Comment peut-elle me faire maintenant cet affront... à moi ?

On se marie pour le meilleur et pour le pire. Alors malgré tout, je tiendrai parole de mon côté et ne l'abandonnerai pas.

Même lorsqu'on était séparés, j'ai toujours fait en sorte qu'elle me reste fidèle, dans le seul but de sauver son âme. Et même malgré elle, s'il le fallait...

C'est totalement de la faute de Forges si on se retrouve dans cette situation, et si elle a sombré maintenant dans le péché le plus total.

Quant à son remariage...

Je ne pourrais pas le supporter, je le sais.

Il faut être lucide, elle sera MA femme jusqu'au bout de nos vies, et le restera même après notre mort. Elle n'en n'a pas conscience, mais nous sommes liés pour l'éternité...

Je regarde ma montre : seulement une heure depuis que Franck m'a donné son dernier état d'avancement. Je ne tiens plus en place, il faut que je le rappelle :

- Franck ?
- Oui, Maître Webber. Je ne les ai pas encore rattrapés...
- Je pense savoir où ils vont : certainement à l'aéroport. Et comme ils ont dépassé Roissy, ils doivent certainement se rendre à Orly.

- Pourquoi vont-ils à l'aéroport ?
- Ils ont décidé de partir se marier à Las Vegas...

J'essaye de parler d'une manière neutre, mais les mots me collent la nausée.

- Ah ?! Qui vous a remonté cette information ?
- La cousine de Barbara grâce à « radio moquette » ... Les nouvelles de ce genre filent vite entre commissariats...
- J'imagine... D'habitude, elle fait passer ses messages par moi... me dit-il sur un ton empreint de jalousie.
- Elle a dû se dire que l'information devait me parvenir au plus vite.
- Vous disiez qu'ils devaient s'arrêter à Orly ? Mais on a aussi dépassé Orly depuis quelques temps déjà, et je devrais bientôt les avoir devant moi. Mais pour l'instant, je ne vois toujours pas la *Jaguar*...

Je me connecte à mon ordinateur pour afficher la carte sur laquelle on peut repérer la balise.

- Vous êtes à quel niveau sur l'autoroute ?
- À quelques secondes de la sortie 6... Savigny-sur-Orge...
- Mais vous les avez dépassés alors !
- Hein ? Je vous assure que je n'ai pas doublé la *Jaguar*...
- Alors ils ont changé de voiture... Mettez-vous sur la droite et réduisez votre vitesse,

lui ordonné-je. Ils viennent juste de passer
la sortie de Savigny... Vous les voyez dans
votre rétro ?
- Non, pour l'instant je ne vois que des poids
lourds.
- Laissez-vous dépasser alors !

L'impatience me gagne. J'attends quelques minutes avant de reprendre :

- Alors, nom d'un chien, vous voyez quelque chose ?
- Je suis désolé Maître... Mais je ne vois que des poids lourds...

Je n'aime pas ça...

Mon intuition me dit qu'on est en train de se faire berner et la colère commence à mettre mes nerfs à rudes épreuves.

Les minutes de recherche qui suivirent ne donnèrent pas plus de résultats.

Je tape du poing sur la table comme un malade, faisant sauter tout ce qu'il y a sur mon bureau :

- Ça suffit ! hurlé-je à m'en vriller les cordes vocales. Ils se foutent de nous ! Rentrez immédiatement, Franck ! Je vous jure qu'ils ne vont pas l'emporter au paradis...

Retour à Paris

Céline

La nouvelle de notre prétendu mariage s'est répandue comme une traînée de poudre, et William est très satisfait de son stratagème. On a même réservé des billets d'avion remboursables pour Las Vegas, afin de corroborer notre histoire, au cas où nos poursuivants se mettraient à en chercher davantage.

William est persuadé qu'ils vont essayer de nous coincer entre nos appartements, où nous sommes censés prendre quelques affaires pour Las Vegas, et l'aéroport. Du coup, il a organisé avec Simon une escorte avec quelques collègues en voitures banalisées depuis le XVe, où nous servirons d'appât. L'idée est que nos agresseurs puissent nous retrouver facilement afin qu'on puisse les arrêter sur la route au moment le plus opportun.

Nous arrivons au pied de notre immeuble à Paris, et tout est calme. William vérifie en passant une première fois sans s'arrêter : personne n'est en planque dans notre rue. La chance nous sourit. Une place se libère presque devant l'entrée. William attend que la voiture sorte de son emplacement pour se garer. Mais comme j'ai un besoin pressant, je décide de ne pas patienter et sors la première de la voiture.

Je l'entends râler contre le chauffeur qui ne sait pas s'y prendre et met un temps fou à sortir sa petite citadine d'une place qui pourrait accueillir une camionnette. Son impatience me fait sourire...

Je file à toute vitesse, ne m'arrête même pas prendre le courrier ou des nouvelles de Virgile chez Madame Gredin, et appelle directement l'ascenseur.

Arrivée devant mon appartement, je tourne la clé dans la serrure et entre, laissant la porte entrouverte pour que William puisse venir me rejoindre rapidement.

Cela ne fait que quelques jours d'absence, et pourtant, j'ai l'impression que c'est une nouvelle femme qui franchit le seuil de mon deux-pièces en cette fin de matinée.

Je m'arrête quelques secondes devant le miroir posé au-dessus de la console. J'ai l'impression de faire connaissance avec une inconnue : ce miroir ne m'a jamais reflétée autrement que brune avec les cheveux lisses, tirés en un chignon impeccable. Aujourd'hui, je suis blonde, frisée, en jean et en chaussures de rando : j'ai gardé mon chic, mais ce qui me fait le plus plaisir, c'est que j'ai l'impression d'être de retour parmi mes contemporains. À nouveau vivante...

L'appartement est plongé dans le noir, tel que William l'avait laissé. Je peux quand même me diriger facilement, le soleil éclatant d'aujourd'hui réussissant à glisser quelques rayons à travers les interstices des volets. Je passe rapidement à la salle de bain, et en sortant, j'entends du bruit sur le palier.

- Tout va bien là-dedans ? me lance William debout devant sa porte, en train de chercher ses clés dans ses poches.
- Impeccable ! Rien n'a bougé !

Je lui réponds du couloir en lui lançant un baiser de la main.

- Laisse ta porte ouverte... Je mets Tim chez moi et j'arrive.

En l'attendant, je décide d'aller ouvrir les fenêtres du salon.

- Bonjour Céline... Difficile de te joindre en ce moment...

Une ombre se lève apparemment d'une chaise de la salle à manger, et une fois debout près de la table, me fige sur place. Je ne respire plus : Carl vient de geler le sang dans mes veines et l'air ne transite plus dans mes poumons.

Je ne peux pas voir clairement son visage avec la pénombre, mais c'est assez lumineux pour distinguer le fusil qu'il tient à la main.

- Je ne te conseille pas d'appeler à l'aide... continue-t-il menaçant.

Son fusil est maintenant braqué sur moi. Il s'approche lentement jusqu'à ce que je puisse voir distinctement son visage. J'essaye de décrypter ses intentions mais son regard bleu acier reste froid, impénétrable, comme toujours...

Il a un peu vieilli, ses cheveux ont blanchi, et malgré ça, il est toujours aussi... totalitaire. Même les marques des années qui passent ne l'adoucissent pas.

- Tu me donnes vraiment du fil à retordre pour m'occuper du salut de ton âme... me dit-il sur un ton de reproche.
- Tu n'as plus à t'occuper de moi, Carl. Nous sommes divorcés, tu te souviens ?
- Ne me parle pas comme si j'étais débile... se vexe-t-il. Tu es divorcée d'un point de vue juridique, administratif, mais tu le sais très bien, tu ne le seras jamais d'un point de vue spirituel.
- Alors là, tu te trompes... Dieu m'a donné une seconde chance de bonheur avec William, et j'ai bien l'intention d'en profiter, que tu le veuilles ou non.

J'ai toujours été une épouse soumise, alors je m'étonne moi-même de mon effronterie à lui répondre cash ce que je ressens.

Mon ton est dur et lui montre que je compte bien me battre contre lui, malgré sa force physique et son arme. Et ça, c'est une nouveauté que je dois à William…

Je sais qu'il va arriver d'ici quelques secondes. Je ne me sens donc plus seule face à la menace que représente Carl.

- Sérieusement Céline… Ne me dis pas que cette histoire de mariage à Las Vegas, avec ton petit commissaire coureur de jupons, est vraiment réel ? C'était juste pour me faire enrager, n'est-ce pas ? Remarque, il faut bien avouer que la ruse a plutôt bien fonctionné… reconnaît-il.
- Quoique tu en penses, William a de grandes qualités. C'est un homme intègre, courageux et intelligent, qui me respecte et sur qui je peux compter. Et je sais que j'ai de l'importance à ses yeux. En plus, ce qui ne gâche rien, il est très séduisant, et c'est un amant hors pair, alors quoi demander de plus ?
- Allons, allons… Et tes goûts de luxe ? Tu crois que tu vas te contenter de la paye d'un commissaire pour t'offrir tout ce que tu désires ?
- J'ai passé l'âge, Carl, et cette recherche permanente d'excellence et de perfection, c'était plus la tienne que la mienne.

Aujourd'hui, je me contente de l'essentiel. Les choses matérielles hors de prix ne me font plus envie. Je préfère me recentrer sur tout ce que la vie peut nous offrir de beau sans que l'on ait à dépenser une dizaine de SMIC : un dîner à deux à la maison, une soirée au piano à chanter ou à écouter des vieux vinyles, une balade en forêt avec...

Je suis interrompue par un aboiement puis deux coups de feu très rapprochés : je regarde Carl terrifiée. Il a un petit sourire sur les lèvres et me tient toujours en joue avec son fusil.

- Je te conseille de t'asseoir bien sagement en attendant le retour de Frank, me dit-il avec un regard glacial et un petit geste du menton qui m'indique le canapé.
- William !

J'ai mis toute l'énergie que je possède dans ce cri désespéré. J'ai besoin de l'entendre, j'ai besoin de le voir, j'ai besoin de le savoir en vie. Mais en retour, je n'ai que le silence...

Je décide alors d'obéir à Carl... pour l'instant...

Je suis trop prise de panique pour élaborer une tactique de fuite ou de bataille. Je ne sais pas encore ce qu'il faut faire. Je voudrais simplement que William réapparaisse pour m'aider à me sortir de cette situation inextricable. Il faut que je reprenne mon calme et surtout que je gagne du temps, je ne vois que cela à faire pour l'instant. Du coup, je relance le dialogue avec Carl :

- Que comptes-tu faire de moi ?
- Et bien, puisque tu ne sais pas t'occuper de toi, je vais te reprendre à la maison et le faire à ta place...
- Je suis une femme libre, Carl... Je ne retournerai pas dans ta prison, aussi dorée soit-elle...
- Non, mais enfin... Regarde toi ! Tu es grotesque avec cette couleur de cheveux et cette coupe. Tu n'as l'air de rien avec ce jean, et apparemment, tu t'es laissée aller avec la nourriture... Je crois qu'il est temps que tu tires les leçons de ces années passées sans moi et que tu reviennes dans le droit chemin. Et la première étape, c'est qu'il ne t'est plus permis de décider maintenant... me profère-t-il les mâchoires crispées par la colère.

Ses dénigrements m'auraient autrefois plongée dans un abyme de désespoir, mais aujourd'hui, ses mots glissent sur moi et ne m'atteignent pas. Je décide de le lui montrer en restant détachée et en gardant mon regard fixé au sien, comme dans un duel.

Les minutes passent...

J'entends au loin quelques mouvements sur le palier mais mon attention reste concentrée sur Carl et son fusil.

C'est à ce moment-là que je sens une présence arriver à ma gauche, mais je décide de ne pas bouger. S'il s'agissait de Franck, il serait revenu à une cadence normale. Là, la personne semble marcher à tâtons sans vouloir faire le moindre bruit. Je sais que c'est William, alors je reste de marbre comme si je n'avais rien senti. Je ne veux pas donner l'occasion à Carl de préparer une riposte.

- Qu'est-ce que fiche Franck... s'impatiente-t-il.
- William l'a peut-être mis hors d'état de nuire... lui dis-je avec un grand sourire.
- Tu es si sûre de toi... Tu crois que ton commissaire a réglé son compte à Franck, hein ? Mais ne te méprends pas, même le meilleur peut se faire surprendre. On n'entend plus ton sale cabot d'ailleurs...

Là, il marque un point, et le sourire narquois de mon visage s'efface. Mon cœur se serre : j'espère que lui aussi n'est pas blessé ou pire... Mais je me reprends : je ne veux pas lui montrer que j'ai peur. Je ne veux surtout pas lui donner cette satisfaction.

À présent, la silhouette est proche de moi, et je n'ai toujours pas effectué de signe qui aurait pu indiquer à Carl qu'une présence progressait dans le couloir.

Alors l'homme sort brusquement de l'ombre, l'arme en joue et se met à crier :

- Carl Webber vous êtes en état d'arrestation pour tentative de meurtre sur la personne de Céline Bach. Veuillez lâcher votre arme immédiatement et lever les bras en l'air !

Je reste stupéfaite, l'homme qui braque son révolver sur mon agresseur n'est pas William, mais Simon...

- Certainement pas ! enrage Carl qui se tourne légèrement et tire.

Je me plaque instinctivement au sol. Simon se jette dans le couloir et évite la balle qui fracasse le tableau sur le mur du fond dans un bruit de verre brisé. J'entends clairement Carl recharger son fusil, mais avant qu'il ne puisse tirer de nouveau, un deuxième coup de feu retentit, puis un objet lourd tombe au sol. Dans un réflexe, je mets mes bras sur ma tête comme s'ils pouvaient avoir une quelconque utilité pour me protéger face à des tirs. Je suis de nouveau en enfer, comme à chaque fois avec Carl, et je ne sais pas si cette fois, je vais m'en sortir...

Pourtant, le calme revient étrangement dans l'appartement. Je garde une oreille attentive, les yeux toujours fermés, le corps plaqué au sol. C'est là que je distingue clairement un gémissement de douleur...

J'hésite toujours à bouger lorsque la voix autoritaire de Simon crève le silence. Je me raccroche à elle pour m'extirper des limbes dans lesquelles la cruauté de Carl m'a une fois de plus plongée, et reprendre pied, petit à petit, dans la réalité...

- Carl Webber, comme je vous l'ai déjà dit, vous êtes en état d'arrestation. À partir de maintenant tout ce que vous direz pourra être retenu contre vous. Avez-vous bien compris ce que je vous ai dit ?
- Enfoiré... lui répond Carl haineux.

Je relève doucement la tête, et regarde Simon menotter Carl qui grimace de douleur : il a été touché par le tir de Simon, apparemment superficiellement à l'épaule droite, l'ayant contraint à lâcher son fusil.

J'observe la scène, et l'angoisse me monte à la gorge. J'ai peur de poser LA question : mon corps se met à trembler sans que je ne puisse le maîtriser.

- Simon... Où est William ?
- Il a été touché lui aussi à l'épaule, mais à la gauche et plus bas. Le SAMU l'a déjà évacué car il perdait trop de sang. En revanche, Franck a eu moins de chance... La balle de William l'a atteint à la tête : il est mort sur le coup.
- Connards de flics ! hurle Carl à l'annonce du décès de son acolyte.

Les larmes me montent aux yeux, et je me tourne vers Carl avec fureur :

- Tu as été mon pire cauchemar pendant quinze ans... Tu ne peux pas me foutre la paix maintenant que nous sommes divorcés...

Je lui crache mes mots, la fureur au ventre, et là, je fais une chose insensée : je ramasse le fusil que Simon avait écarté d'un coup de pied et le braque sur Carl.

Ses yeux exorbités me regardent sans comprendre ma réaction. William m'a montré que je pouvais me battre, alors la lionne qui est en moi a décidé d'en finir une bonne fois pour toutes.

Simon blême ne cesse de me répéter doucement et en boucle :

« Céline, pas de connerie... Céline, je t'en supplie... pas de connerie... Lâche ce fusil... »

Mais je continue :

- Dès que je suis devenue ta femme, tu m'as traitée comme ta chose, ton penchant dominateur s'accroissant de jour en jour... Tu m'as imposé tes goûts, imposé ton style de vie. Tu as voulu me façonner à ton image. De châtain, je suis devenue brune, de frisée, j'ai eu les cheveux raides, de pulpeuse, je suis devenue squelettique. Et pour tout cela, tu n'as reculé devant rien, n'hésitant pas une seconde à m'affamer pour parvenir à tes fins. Tu m'as isolée pour que je ne puisse pas exister en dehors de mon rôle d'épouse. Tu m'as forcée à prendre des traitements douloureux, t'entêtant à l'extrême, pour avoir l'héritier que tu souhaitais, sachant pertinemment que je ne pourrais pas avoir d'enfant. Tu

m'as enfermée, punie, parce que je ne remplissais pas ce rôle de génitrice. Et tout cet acharnement au nom d'un amour absolu, d'un amour tellement grand, qu'il te faisait perdre le sens des réalités quand il s'agissait de moi.
J'ai accepté tellement de choses, pour toi, pour ce mariage devant Dieu. Un Dieu qui prenait toute la place entre nous, jusqu'à ce que j'en perde toute ma personnalité et jusqu'à ce que je comprenne que c'est ma vie que je mettais en jeu dans cette union.

L'émotion me contraint à marquer une pause, histoire de reprendre mon souffle. Mais très vite, je me ressaisis et reprends le fil de mes pensées :

- Aujourd'hui, tu vois, tout a changé : William m'a montré que je pouvais être forte et que j'étais capable de me défendre, même contre toi. J'ai compris aussi que ma destinée et mon bonheur étaient entre mes mains. Sache que je compte bien tenter ma chance avec William !
  Alors Carl, je te demande une dernière fois : est-ce qu'un jour je serais définitivement libérée de toi ?
  Est-ce qu'il faut que je te tue pour être enfin une femme libre ?

Je conclus en criant, emportée par ma colère. Le regard bleu ciel de Carl me fixe comme si tout ce que je venais de lui dire, lui éclatait au visage telle une évidence, comme s'il comprenait enfin tout ce que j'avais enduré.

Mais il ne dit rien : pas une excuse, pas un regret. Il se contente juste de baisser les yeux.

Alors je pose le fusil sur le canapé, non sans entendre le soupir de soulagement de Simon, et je m'approche de Carl. Sans hésiter, je lui prends les mains autoritairement et, afin qu'il ne puisse pas croiser ses doigts, mêle les miens aux siens. Puis, je le force à me regarder droit dans les yeux et continue :

- Je veux que tu me jures qu'à partir de maintenant tu me laisseras vivre le reste de ma vie comme je l'entends, sans t'en mêler. Je veux que tu me promettes solennellement devant Dieu que tu me foutras la paix jusqu'à ta mort, et que tu me laisseras vivre avec William si j'en ai décidé ainsi.

Il n'esquisse pas un geste et reste désespérément muet, alors je lui tire sur les bras, ce qui lui arrache un cri de douleur :

- Tu te décides, oui ? On n'a pas toute la journée, si tu veux être soigné... éructé-je froidement.

Il lit toute la détermination dans mon regard. Je ne lâcherai rien, et il le comprend.

Alors contre toute attente, je le sens abdiquer :

- Je te jure devant Dieu, de te foutre la paix, si c'est tout ce que tu souhaites. J'ai tenté de faire quelque chose de toi, mais j'ai échoué... Tu ne vaux pas plus que les fripes ridicules que tu as sur le dos. Va au diable avec ton commissaire de mes deux... Vous vous êtes bien trouvés...

Encore des mots grossiers dans la bouche de Carl aujourd'hui, c'est du jamais vu. Quelle ironie : la défaite le rend vulgaire.

Ces insultes sont le reflet même de son impuissance, et je me retiens de sourire devant ma victoire, me forçant à afficher une apparente froideur. Mais à l'intérieur, je jubile...

Il l'a juré devant Dieu, alors je sais qu'il tiendra sa promesse : son obédience à la religion est telle qu'il ne violera pas son serment, même s'il doit s'en mordre les doigts jusqu'à la fin de sa vie.

- C'est bon Simon. C'est tout ce qu'on avait à se dire... Tu peux l'emmener au diable...

Simon s'approche de Carl alors que je lui lâche les mains pour qu'on puisse l'embarquer.

Deux hommes en uniformes entrent dans la pièce à ce moment-là et prennent le relai, faisant sortir Carl de ma vue comme de ma vie.

Désormais, j'entends nettement les sirènes des véhicules de police certainement garés au pied de l'immeuble, comme le bruit dans le couloir du va-et-vient des agents qui circulent entre les appartements.

Simon ne dit rien et attend que mon cerveau se recale avec la réalité. Je le regarde et des larmes se mettent à couler sur mes joues...

J'ai gagné, mais William n'est pas là alors j'ai peur d'avoir perdu bien plus dans cette libération que ce que Simon a bien voulu me dire tout à l'heure...

- Simon... Où est-il ?
- Au bloc... La balle n'est pas passée loin du cœur... Mais c'est un grand gaillard costaud... Et je sais qu'il va s'accrocher. On ne l'appelle pas le Lion pour rien... me dit-il avec un petit sourire triste.

Je sais que Simon cherche à me rassurer, mais pour l'instant je me concentre juste pour essayer de respirer. Simon partage ma détresse, alors il s'approche de moi et me prend dans ses bras. Je laisse aller mes pleurs : j'ai besoin de relâcher la pression.

Ma victoire est amère, mais j'ai tenu tête à Carl et je me suis battue jusqu'au bout. C'est évident que sans la force transmise par William je n'y serai pas arrivée.

- Tu m'emmènes le voir ? demandé-je à Simon en reniflant.
- Allez viens, je t'accompagne à l'hôpital...
- Au fait, et Tim ?
- Il va très bien... Tu sais que c'est lui qui a prévenu William que quelque chose n'allait pas ? C'est grâce à son chien qu'il a pu sortir son flingue à temps : Franck était planqué dans sa chambre. Sans Tim, il ne serait certainement plus de ce monde. Et pour répondre à ta prochaine question : on l'a confié à ta gardienne. Elle était ravie de

s'en occuper, même si elle a dû régler un différend entre Tim et un gros chat crème, m'a-t-on dit...

Cette image me fait sourire malgré moi : Tim et Virgile avaient donc fait connaissance, et apparemment, on n'est pas sorti de l'auberge, si on veut faire de bons copains de ces deux têtes de mule...

William

Les bips de la machine à laquelle je suis relié me sortent du sommeil dans lequel j'ai été plongé pour l'opération. Je fais l'inventaire de mon corps et ne ressens pas de douleur, même pas dans mon épaule gauche savamment enrubannée et qu'il m'est impossible de bouger.

Même si mon cerveau fonctionne au ralenti, je suis soulagé de pouvoir ouvrir les yeux : j'ai eu une chance insolente avec cette balle qui aurait pu m'expédier six pieds sous terre.

Ma mémoire essaye de replacer en ordre chronologique les évènements de ces dernières heures...

Céline et moi sommes rentrés dans nos appartements respectifs. Quelques secondes après avoir pénétré dans le mien, Tim s'est mis à aboyer. J'ai sorti mon flingue en urgence, puis j'ai été touché à l'épaule gauche. J'ai pu riposter avec mon bras droit, touchant mon agresseur à la tête. Je voulais viser plus bas, mais j'ai fait ce que j'ai pu avec la douleur qui m'a vrillé tout le côté gauche. Je suis tombé au sol, et Tim est venu vers moi, paniqué.

Simon est arrivé presque dans la foulée. Il a appelé les secours, a maintenu une compression sur ma blessure et m'a tenu éveillé le temps que le SAMU arrive.

J'ai juste pu lui souffler quelques mots sur ce qu'il venait de se passer avant d'être en totale incapacité de parler. Mais je sais qu'il pouvait comprendre dans mon regard la supplication que je lui faisais pour qu'il aille voir Céline. J'avais un très mauvais pressentiment et je m'en voulais terriblement de ma négligence à ne pas avoir sécurisé son appartement avant qu'elle n'y pénètre. Simon me disait qu'il ne pouvait pas lâcher ma plaie, et j'avais l'impression qu'il était tiraillé entre sauver ma peau et secourir Céline…

À l'arrivée des urgentistes, il a filé en m'ordonnant de guérir vite. Je suis tombé dans les pommes en le regardant s'éloigner…

À ce moment-là, je me rends compte que je n'ai toujours pas de nouvelles de Céline. L'angoisse soudaine déclenche un état de stress terrible qui affole mes constantes. La machine se met à sonner, et une infirmière dans la soixantaine arrive en courant. Me voyant éveillé, elle me sermonne essoufflée :

- Et alors ? Qu'est-ce qu'il se passe ici ?
- Ma femme… Elle… va bien ?

Les mots sortent difficilement de ma bouche et je murmure plus que je ne parle. C'est vrai que j'aurais pu trouver un autre qualificatif pour Céline, comme « ma compagne » par exemple. Mais

« ma femme » est celui qui m'est venu le plus naturellement du monde.

L'infirmière réfléchit :

- Vous venez de subir une opération où vous auriez pu y passer, et vous, vous inquiétez pour votre femme ? me dit-elle d'un air surpris.

Il est vrai qu'elle n'a pas tout le contexte de notre histoire...

- Une petite blonde, la cinquantaine, frisée ? continue-t-elle.

Je fais juste un petit signe de tête pour acquiescer.

- Elle est dans le couloir, pas très loin... Elle m'a emmerdée tous les quarts d'heure pour avoir de vos nouvelles. J'avais beau lui dire que vous n'étiez pas mon seul patient, et qu'heureusement, tout le monde n'était pas comme elle... Rien à battre... Elle revenait à la charge, tout le temps...

Savoir Céline en vie était déjà énorme pour moi, mais le fait qu'elle soit là, à s'inquiéter pour moi...

L'émotion me submerge à m'en coller les larmes aux yeux. Mon cœur se réchauffe doucement, et mon corps accepte enfin de se détendre. Je ferme les yeux, et un sourire apparaît sur mon visage :

elle m'attend, en emmerdant tout le monde pour avoir de mes nouvelles... J'adore...

Je l'imagine faire les cent pas dans le couloir, comme une lionne en cage avec son regard doré de fauve...

« *Elle m'attend...* »

Cette pensée me donne une raison pour me remettre au plus vite, et je suis contrarié de gaspiller ainsi mon temps à l'hôpital.

Nous avons une vie à deux à construire maintenant...

C'est fou, mais avec tout ce que l'on vient de vivre ensemble, je n'en ai plus la trouille. C'est même devenu une évidence pour moi que c'est ce que je désire le plus pour la suite de mon existence.

Je voudrais qu'elle accepte de vivre avec moi, et pourquoi pas, de devenir ma femme. J'aimerais qu'on s'installe dans une maison, un peu dans le genre de Saint-Jean-aux-Bois, avec Tim et Virgile. Et dans mon délire, je me dis que dans cette nouvelle configuration de vie, ce serait peut-être possible d'inclure Lucas également dans l'équation. Enfin, si elle le veut bien sûr...

Et voilà, l'impatience me gagne. Je fais un très mauvais malade, je sais...

Il faut dire que je suis là, cul nu dans une blouse jetable, cloué sur un lit à roulettes, et il va falloir attendre pour les retrouvailles et les câlins...

« *LA POISSE !* »

* * *

Un brancardier arrive près de mon lit avec un grand sourire :

- Alors Monsieur, je vous ramène dans votre chambre ?

« *Ce n'est pas trop tôt !* » ne puis-je m'empêcher de penser.

J'acquiesce pourtant d'un geste de la tête sans rien dire, la fatigue étant encore trop forte à cet instant pour me lancer dans de grands discours.

Je quitte enfin ce service : je n'ai aucune idée du temps qui s'est écoulé depuis mon premier réveil, et je ne sais pas si Céline est encore là à m'attendre.

Malheureusement, le couloir est vide ; je me dis qu'elle doit patienter ailleurs, alors je reste en alerte...

Je me laisse guider par mon brancardier qui fredonne une chanson créole. Le contraste avec le froid, qui me fait trembler légèrement, me laisse échapper un sourire. En général, quand on est visiteur, les hôpitaux semblent toujours surchauffés. La sensation s'avère bien différente quand on est patient...

À chaque tournant, j'espère croiser Céline, en vain...

On arrive devant la porte de ce qui apparemment va devenir ma chambre pour ces prochains jours. J'ai l'impression que c'est ma dernière chance de la voir. Une fois à l'intérieur, je déchante : la pièce est également désespérément vide...

Le brancardier m'installe confortablement et me laisse avec un « *Au revoir* ! » chaleureux. Mais malgré tous ses efforts pour que je me sente à mon aise, je garde le moral au plus bas.

Dans mon malheur, j'ai de la chance : j'ai eu droit à une chambre individuelle. Je suis soulagé. Avec mon humeur de chien quand je suis souffrant, je ne sais pas si j'aurais pu supporter la présence d'un autre écloppé à mes côtés.

Par la fenêtre, je vois les toits d'immeubles gris, tout autant que le ciel d'aujourd'hui. Vraiment déprimant !

Un bruit me fait sursauter, et la porte du cabinet de toilette s'ouvre lentement...

C'est à ce moment-là que les deux soleils de ma vie viennent illuminer la pièce : d'un seul regard, Céline a balayé la grisaille parisienne, comme la tristesse de mon âme, et je sens déjà tout le bien qu'elle me fait à réchauffer mon corps.

Je fédère tout ce qu'il me reste de force pour articuler :

« Je ne veux plus… être séparé… de toi… »

L'émotion et la fatigue conjugués me font bafouiller. En deux enjambées et avec un grand sourire, elle s'approche de moi et prend mon visage entre ses mains. Elle rive ses yeux d'or aux miens pour me répondre :

« Moi aussi Will… plus jamais… »

Elle scelle sa promesse en effleurant mes lèvres d'un baiser doux.

Sans dire un mot de plus, elle installe un fauteuil près de mon lit, et dépose délicatement sa tête au creux de mon bras valide. Sa main dans la mienne, nous restons ainsi collés, silencieux. Pour l'instant, elle a compris que c'était juste ce dont j'ai besoin. Elle ne m'a pas quitté de la soirée, surveillant mon sommeil, remettant mes oreillers en place, jusqu'à ce que l'infirmière de garde la jette dehors à l'heure d'arrêt des visites.

* * *

Céline est arrivée à la première heure ce matin, comme s'il était hors de question pour elle de louper une minute du temps qui lui est autorisé à mes côtés. Jamais personne n'avait été aussi prévenant avec moi, et je remercie le ciel de l'avoir mise sur mon chemin.

Simon, lui, a poussé la porte de ma chambre dans la matinée avec un sac de croissants sous le bras. Pour une fois, sa gourmandise a été bénéfique : je me suis jeté sur les viennoiseries, délaissant les biscottes de mon plateau de petit déjeuner de l'hôpital.

Au sourire qu'elle me fait, je vois que Céline est ravie que je reprenne du poil de la bête.

Nous passons ensuite un bon moment tous les trois à parler et plaisanter d'une manière légère.

Mais j'ai besoin de clore le chapitre de notre mésaventure. Alors je décide de revenir sur le détail des évènements de ce fameux jour où Frank m'a tiré dessus, et questionne Céline sur ce qu'elle a vécu. Elle réfléchit quelques secondes et se lance :

- Finalement, tu vois, c'était un mal pour un bien. Carl m'attendait dans mon appartement avec son fusil. Son but était de me ramener chez lui pour m'enfermer à double tour, et me garder auprès de lui tel un tableau ou une statue. Lui dire ses quatre vérités sur ce qu'il m'a fait subir lors de notre mariage, me rebeller contre lui et tout refuser en bloc de ce qu'il comptait faire de ma vie, m'a prouvé que j'avais du cran et m'a redonné confiance en moi. Lors du divorce, je m'étais planquée derrière

mon avocat et finalement, je n'avais jamais vidé mon sac. Je me sens à présent libérée et je pense que maintenant, je peux envisager d'avoir un avenir serein.
- Tu l'aurais vue avec le fusil... Il n'en a pas mené large, je te le dis... ajoute Simon fier de la combativité de Céline.
- Quoi ? Tu l'as menacé avec son fusil ? ne puis-je m'empêcher de demander, absolument effaré par cette nouvelle.
- C'est vrai... Mon dieu, quand j'y pense... J'étais tellement furieuse contre lui que tu sois blessé. Je voulais surtout lui montrer que je pouvais moi aussi le menacer, et que de ce point de vue-là, on pouvait être à égalité. Mais c'est du passé, tout ça... Il a juré devant Dieu qu'il nous laissera en paix. Je sais qu'il tiendra promesse. Il ne peut pas faire autrement, il est formaté comme ça... Maintenant, je peux l'oublier et prendre une nouvelle route.
- Et que dirais-tu de faire cette nouvelle route... avec moi ?

J'ai posé cette question avec une pointe d'anxiété : j'ai l'impression de jouer ma vie sur ce coup-là...
- Je ne voyais pas cela autrement, Will... me répond-elle en souriant et en m'embrassant avec tendresse sur les lèvres.
- Bon... Il est temps que je vous laisse, je crois que cela va devenir classé « X » et je n'ai pas envie de tenir la chandelle... déclare Simon en se levant.

On se retourne alors vers lui en riant, comme des adolescents pris en faute.

- C'est vrai que tu n'es pas en arrêt, toi...
- Et non... J'ai même pas mal de paperasse à faire à cause de vous deux pour boucler ce dossier. Entre toutes les preuves matérielles, tous les témoins... J'ai même retrouvé tes anciens prétendants menacés et qui ont accepté de témoigner...
  Enfin, ce qui est rassurant, c'est que Carl Webber n'est pas près de sortir de taule... Au fait, je vous ai dit que j'avais retrouvé qui était vraiment Frank ?

Nous secouons la tête négativement et restons dans l'attente de son récit :

- En fait, c'était un malfrat du nom de Francesco Vasco, recherché pour plusieurs meurtres depuis trente ans. Son dernier homicide présumé était un magnat de l'immobilier assassiné à Paris. C'est certainement à ce moment-là que Webber a dû faire la connaissance de Vasco. Il en a fait son homme de main et devait certainement le rémunérer en liquide. C'est pour cela qu'il n'apparaissait nulle part, un vrai fantôme...
  Du coup, on peut rajouter un nouveau chef d'inculpation à Webber : il a tout de même caché un criminel pendant trente ans, ce qui fait de lui un complice de meurtre...

Sinon, on a également interpellé la cousine de Barbara pour divulgation d'informations personnelles et confidentielles.
En revanche, on n'a pas trouvé d'élément accusant directement la secrétaire, qui semble clean. Elle n'a donc pas été inquiétée.
Voilà vous savez tout... Je vous laisse...
À demain Monsieur et Madame Lion !

Sa sortie me fait sourire...

Mais en regardant Céline, je sais qu'il n'a pas tort : j'ai trouvé ma lionne.

Ses yeux de fauve me fixent avec passion, et j'ai envie de croire à cette histoire d'amour qu'ils me racontent, et qui semble être la nôtre à présent...

Épilogue

Céline

Je regarde Lucas et Tim jouer dans l'eau sur la plage de Mandelieu…

En ce début de soirée, nous nous sommes approprié ce bout de littoral désert, coincé entre la marina et le château de La Napoule, et nous en profitons avec délice tous les quatre.

Assise sur le sable, je suis calée dans les bras de William, les yeux fixés sur l'horizon et sur les collines de l'Estérel qui trempent leurs pieds dans la Méditerranée. Mon esprit s'évade sur cette image magnifique éclairée par le coucher de soleil, et je reviens en pensée sur les derniers mois passés…

Il a été rapidement une évidence que la gravité de la blessure de William entraînerait tout un programme de rééducation. Malgré ses contestations, ses médecins ont tous été unanimes sur le fait qu'il devait se mettre au vert.

J'ai donc pris les choses en main pour sa convalescence et ai loué la maison de Saint-Jean-aux-Bois pour trois mois. Cet endroit nous avait marqué tous les deux et avait été le théâtre du début de notre histoire. J'ai pensé qu'il n'y aurait pas meilleur lieu pour qu'il puisse se reconstruire au calme. De mon côté, je me suis organisée pour rester auprès de lui : j'ai négocié avec mon patron du télétravail. Saint-Jean s'est avéré même plus pratique pour mes déplacements chez mon client à Arras.

Il faut reconnaître que William a beaucoup souffert pour retrouver l'usage de son bras gauche. Mais il n'a pas fait mentir son surnom de Lion, restant toujours concentré et persévérant. Ainsi avec tous mes encouragements et mon soutien, on est arrivés ensemble jusqu'au bout de ce parcours du combattant.

Tim a également été un allié efficace en l'entraînant dans de longues balades, où je me régalais à les suivre de temps en temps.

Et malgré toute cette souffrance, nous avons vécu heureux dans cette maison avec nos animaux. Même Virgile, pourtant chat urbain, a réussi à trouver mille attraits à la vie au grand air. Il s'est même habitué à son nouveau frère chien, en lui conservant un certain dédain tout de même.

De cette période, le souvenir qui m'est le plus cher reste le jour où William s'est remis au piano. Quand j'ai entendu les premières notes de « *You are so beautiful* » de *Joe Cocker*, je suis arrivée en trombe dans le salon. De le voir se servir ainsi de ses deux bras, et si on y ajoute cette mélodie tellement émouvante, j'avais du mal à gérer mes émotions...

À la fin du morceau, il s'est retourné vers moi et a immédiatement senti mon trouble. Alors, il s'est levé, m'a prise dans ses bras et m'a demandé d'une manière tendre, presque enfantine :

- Tu veux bien être ma femme... genre, pour le reste de notre vie ?

J'ai été tellement débordée par mes sentiments que j'ai baissé la tête sur son torse et ai relâché les sanglots que je retenais déjà avec tant de mal. À cet instant, je le serrais tellement fort qu'aucune force n'aurait pu me détacher de lui.

- Et ça... ça veut dire oui ? me demanda-t-il avec une pointe d'inquiétude.

Lorsque j'ai relevé la tête et acquiescé dans un sourire noyé de larmes, il a soupiré de soulagement. Mon « *Oui* » sortit dans un souffle quelques secondes plus tard.

Je frissonne toujours quand je repense à ce moment qui restera à tout jamais gravé dans ma mémoire.

Quitter ce gite ne fût pas chose facile tant nous nous étions attachés à ce coin de terre, mais au fond, nous savions que Saint-Jean n'était qu'une étape dans notre histoire et que nous devions continuer notre chemin.

Nous avions prévu ensuite d'aller chercher Lucas à son pensionnat pour passer la quinzaine des vacances de Printemps tous les trois à Cannes, chez les parents de William.

Malgré les huit cents kilomètres effectués depuis le matin, nous sommes arrivés à l'heure devant les portes du pensionnat et avons attendu la sortie des enfants, comme les autres tuteurs.

La fatigue de la route s'est envolée comme par magie, lorsque le garçon maigrichon est sorti de l'établissement, ce vendredi soir-là. Il traînait un sac de voyage un peu trop grand pour ses sept ans. Ses billes noires m'ont scrutées intensément, et son sourire a répondu au mien rapidement. Je me suis alors avancée pour lui faire une bise qu'il m'a rendue naturellement. William a eu droit également à une embrassade et Tim un gros câlin. Il était évident que ces deux-là allaient s'entendre à merveille.

La route pour la Côte d'Azur fut longue, mais l'intimité de la voiture nous a permis de faire connaissance en douceur. La bonne humeur a régné dans l'habitacle tout le long du trajet. L'arrivée dans les Alpes-Maritimes, avec la vue sur la baie de Cannes depuis l'autoroute, nous récompensa de tous nos efforts.

Les parents de William nous accueillirent à bras ouverts, bien trop heureux d'avoir de la visite et soulagés de voir leur fils remis de sa blessure. Ils m'ont tout de suite adoptée, et cela m'a rappelé combien il était réconfortant d'avoir une famille.

Toutes ces années à vivre dans ma solitude, j'avais oublié ce sentiment d'appartenance à un clan...

Les dix jours qui suivirent furent simplement magiques. Une vie normale comme tant d'autres couples avec enfant : shopping pour Lucas dont les vêtements étaient bien trop petits, sorties à la plage, au restaurant, au zoo... Nous avons même pris l'habitude de regarder la télé le soir, agglutinés dans le canapé tous les trois : moi, dans les bras de William et Lucas dans les miens...

Ces instants peuvent paraître anodins, mais pour nous, vivre cette expérience de parents passés cinquante ans est un don du ciel. Une preuve que notre histoire a sa place dans l'univers.

À présent, je regarde Lucas courir sur cette plage, riant tandis que Tim le suit en aboyant...

Encore quelques jours, et les vacances seront terminées...

Soudain, l'angoisse me prend aux tripes, et je ne peux m'empêcher de le partager avec William :

- Will... J'ai peur de ramener Lucas au pensionnat...
- Tu as peur ou tu n'as pas envie ?
- Les deux, je crois... On est tellement heureux quand on est ensemble... Tu vois, nous formons une famille. Une famille peut être un peu bizarre, composée de trois écorchés de la vie, mais notre trio fonctionne, et c'est tout ce qui compte, non ?

Il reste silencieux quelques secondes, puis reprend la parole :

- Comment tu imagines la suite ?
- Je crois que la première chose que nous devons décider, est où nous souhaitons poser nos bagages. Paris ? Compiègne ? Cannes ? Pour ma part, je n'ai pas de préférence, tant que je peux nous trouver une maison avec un jardin, un peu comme la maison de Saint-Jean, au calme dans la nature. J'aimerais en faire notre refuge pour y vivre simplement tous les trois, avec nos animaux...
- Si je te disais que l'école de police de Nice recherche un nouveau directeur, et que j'ai passé quelques coups de fil pour savoir si je pourrais faire l'affaire...
 T'en dirais quoi ?

Je le regarde avec un grand sourire, puis me ravise et lui tape sur le bras avec une grimace...

- Cachotier !

Il s'esclaffe, attrape ma tête pour m'embrasser les cheveux. Puis il se détache, et en douceur, prend mon visage en coupe dans ses mains, caressant mes joues avec ses pouces. Il me fixe de ses beaux yeux sombres sans rien dire...

Je réponds alors à son regard :

- Je dirais « oui » pour que tu prennes ce nouveau boulot moins exposé que le tien.

> Cela m'évitera de mourir d'inquiétude pour toi sinon...
> Que cela soit à Nice ne me pose pas de problème : j'y ai déjà vécu et je sais que je pourrais trouver facilement un nouveau job à Sophia Antipolis. D'ailleurs, il serait même possible que je garde le mien en télétravail.
> Je sais que Lucas pourrait être heureux avec nous et qu'il accepterait de changer d'établissement pour la rentrée de septembre. Il a d'ailleurs à plusieurs reprises essayé d'aborder le sujet avec moi...
> Mais Will, s'il ne veut pas repartir dans son pensionnat après ces vacances de printemps, alors crois-moi, impossible n'est pas Céline, et je peux t'assurer que je lui trouverai en deux jours une école près de nous, qui saura l'accueillir pour la fin de l'année.

Il continue de me regarder intensément sans rien dire, les mains toujours scotchées à mes joues, aussi je rajoute :

- Et oui... moi aussi je t'aime...

Un grand sourire vient envahir son visage qu'il baisse vers le mien pour prendre possession de mes lèvres. Je me laisse aller à ce baiser qui m'inonde de tout l'amour qu'il me donne. On se retourne ensuite tous les deux pour regarder ensemble vers l'horizon où le ciel bleu, vierge de tout nuage, rejoint la mer.

Je comprends avec délivrance que ma cavale s'arrête définitivement ici, au bord de la Méditerranée. Ce cheminement parfois brutal m'a libéré des démons qui entravaient mon existence, et m'a aidé à retrouver la femme que j'étais, avant que je ne m'oublie totalement. Mais surtout, surtout, il m'a permis de m'autoriser à aimer de nouveau, et de toute mon âme...

Pour la première fois de ma vie, l'avenir me semble idyllique.

Je ne me sens plus seule, comblée par ces deux êtres dont les destins sont à présent liés au mien. Je sais que je suis maintenant prête à les chérir et les protéger de toutes mes forces...

Telle la lionne que je suis désormais devenue.

Merci à

Catherine, Sophie, Nathalie,

Etienne,

Mes filles

pour vos conseils judicieux et vos encouragements.

Cet ouvrage ne serait pas le même sans vous.

Du même auteur

Mon automne au Léman (2020)

À 53 ans, Claire a décidé de quitter son mari, son travail et Paris pour démarrer une nouvelle aventure seule au bord du lac Léman, là où elle a toujours eu envie de vivre. Elle entre au service de Marc pour gérer la propriété qu'il vient de s'offrir.

À 55 ans, Marc souhaite lui aussi tourner la page d'un mariage désastreux et s'offrir une vie de plaisir en célibataire.

Mais le destin va bousculer leurs plans, les obligeant à faire face aux évidences...